C

I

ŒUVRES CHOISIES

DE PELLISSON,

DE L'ACADÉMIE FRANÇAISE.

C

F.

C

ŒUVRES CHOISIES

DE PELLISSON,

DE L'ACADÉMIE FRANÇAISE;

FAISANT suite aux Œuvres Choisies de Saint-
Réal et de Saint-Évrémont, précédées d'une
Notice sur la Vie, le Caractère et les Ou-
vrages de Pellisson,

PAR N. L. M. DESESSARTS.

TOME PREMIER.

A PARIS,

Chez N. L. M. DESESSARTS, Libraire-Éditeur,
rue du Théâtre Français, N°. 9, près la place de
l'Odéon.

AN XIII (1805.)

NOTICE

SUR LA VIE,

LE CARACTÈRE

ET LES OUVRAGES

DE PELLISSON.

PAR N. L. M. DESESSARTS.

LES mémoires que Pellisson fit pour défendre son ami, qui étoit dans les fers, le surintendant Foucquet, sont les plus beaux monumens de l'éloquence judiciáire du siècle de Louis XIV.

Voltaire les compare aux harangues de Cicéron.

En parlant de ces mémoires, Laharpe dit : « Tout y va au but et rien ne sort du
» sujet. On y admire la noblesse du style,
» des sentimens et des idées, l'enchaîne-
» ment des preuves, leur exposition lumi-
» neuse; la force des raisonnemens et l'art
» d'y méler, sans disparate, une sorte d'i-
» ronie aussi convaincante que les raisons;
» l'art d'intéresser sans cesse la gloire du
» Roi à l'absolution de l'accusé, de récla-
» mer la justice de manière à ne renoncer
» jamais à la clémence, et de rejeter sur
» les malheurs des temps et la nécessité
» des conjonctures, ce qu'il n'est pas pos-
» sible de justifier ; une égale habileté à
» faire valoir tout ce qui peut servir
» l'accusé, tout ce qui peut rendre ses
» adversaires odieux, tout ce qui peut
» émouvoir ses juges ; des détails de finan-
» ces très-curieux par eux-mêmes et par
» les rapports qu'ils offrent avec l'étude

» de cette science ; ... on y admire enfin
» des pensées sublimes , des mouvemens
» pathétiques, et principalement une pé-
» roraison adressée à Louis XIV. »

Ce qui ajoute un nouvel intérêt aux discours que Pellisson adressa au Roi pour défendre Fouquet, c'est qu'ils ne sont pas l'ouvrage d'un légiste, mais le travail de l'amitié la plus courageuse. Ce fut, en effet, à la Bastille que l'auteur les composa, c'est-à-dire, dans la position la plus critique, sans contredit, où un homme en place puisse se trouver. Cependant au lieu de chercher à rompre ses propres chaînes, Pellisson s'oublia généreusement pour briser les fers de son ami. Il n'est donc pas douteux que c'est à un vrai talent oratoire, animé par le zèle et le danger, que nous devons ces monumens précieux de l'éloquence judiciaire du dix-septième siècle.

Comme on aime connoître les principaux traits de la vie des écrivains célè-

A 4

bres, nous allons donner une esquisse de celle de Pellisson.

Paul Pellisson Fontanier naquit à Beziers en 1624, d'une famille de robe, originaire de Castres. Ayant perdu son père de bonne heure, sa mère l'éleva dans la religion protestante. Les heureuses dispositions qu'il avoit reçues de la nature le firent regarder comme un sujet précieux par les chefs de cette religion. Il étudia successivement à Castres, à Montauban et à Toulouse. Partout il montra la plus grande pénétration d'esprit. Les meilleurs auteurs grecs et latins lui étoient familiers. A l'étude des langues anciennes, il avoit associé celle de plusieurs langues modernes, entr'autres de l'italien et de l'espagnol. Après avoir fini ses humanités, il se livra à l'étude du droit ; il fit dans cette science des progrès si rapides, qu'il entreprit de paraphraser les Institutes de Justinien à 19 ans. Deux ans après cet ouvrage

fut imprimé à Paris, et les juriscon-
sultes les plus éclairés de la capitale
donnèrent les plus grands éloges à son
travail. Pellisson parut alors au barreau
de Castres avec tant de succès, qu'on conçut les espérances les plus flatteuses sur
les progrès qu'il devoit faire dans cette
carrière. Malheureusement au milieu de
ses succès les plus brillans, il fut atta-
qué de la petite vérole, qui affoiblit ses
yeux et le rendit un modèle de laideur.
Son visage étoit, en effet, tellement défi-
guré, que mademoiselle Scudéri disoit
en plaisantant : *qu'il abusoit de la permission que les hommes ont d'être laids.*
Madame de Sévigné disoit aussi de lui :
*qu'il étoit très-laid ; mais qu'on le dédouble
et on lui trouvera une belle âme.* Plusieurs
ouvrages qu'il composa le firent connoître,
à Paris, de tout ce qu'il y avoit de gens
d'esprit et de mérite. Il avoit 29 ans lorsqu'il se fixa dans la capitale, en 1652.
Il avoit déjà fait l'histoire de l'Académie

A 5

Française. Il en présenta le manuscrit à cette Compagnie, qui en fut si contente, qu'elle lui ouvrit ses portes, quoiqu'il n'y eût pas alors de place vacante. Pour rendre cette distinction plus flatteuse, elle ordonna que la première place qui vaqueroit seroit pour lui, et qu'en attendant, il auroit le droit d'assister aux assemblées et d'y opiner comme académicien; elle ajouta encore, que cette même grâce ne pourroit être accordée à personne, pour quelque considération que ce fût.

Pellisson acheta alors une charge de secrétaire du roi, et s'appliqua tellement aux affaires, qu'il passa bientôt pour un des hommes les plus intelligens en ce genre.

Le surintendant Fouquet, qui avoit eu l'occasion d'apprécier son mérite, le nomma son premier commis, et lui donna toute sa confiance.

Pellisson conserva le désintéressement

de son caractère au milieu des trésors, et les agrémens de son esprit au milieu des calculs les plus difficiles de la finance.

En 1660, son zèle et son activité furent récompensés par une foule de témoignages de bienveillance du surintendant; mais l'année suivante, sa fortune changea entièrement. Comme il étoit tout à la fois l'ami et le confident du surintendant, il partagea sa disgrâce. Il fut arrêté et conduit à la Bastille, où il resta quatre ans, sans qu'on pût réussir à le corrompre et à le déterminer à déposer contre le surintendant. Les ennemis de ce dernier s'étoient flattés de faire parler Pellisson contre Fouquet, et de découvrir d'importans secrets. Voici le moyen qu'ils employèrent pour y parvenir. Ils choisirent un Allemand, grossier en apparence, mais en effet très-fourbe et très-rusé. Cet Allemand feignit d'être prisonnier à la Bastille, pour jouer le rôle d'espion dont il s'étoit chargé; Pellisson ne fut pas dupe; il eut l'adresse, par ses politesses, d'en faire son émissaire auprès de mademoiselle Scudéri, avec laquelle il entretint un commerce journalier de lettres. Ce fut alors qu'il composa ses mémoires pour Fouquet. Le courage et le généreux dévouement que montra Pellisson dans cette circonstance délicate, auroit dû faire adoucir la rigueur de son sort; mais il n'en fut que plus étroitement resserré : on lui retira le papier et l'encre. Il fut forcé d'écrire sur des marges de livres avec une espèce d'encre faite avec de la croûte de pain brulé et quelques gouttes de vin. Ce fut pendant cette époque de sa captivité qu'il éprouva le plus cruel ennui. Réduit à avoir pour toute compagnie un Basque stupide qui ne savoit jouer que de la musette, il conçut le projet, pour se distraire, d'apprivoiser une araignée qui faisoit sa toile dans un soupirail qui donnoit du jour à sa prison. Il mit des mouches sur le bord de ce soupirail, tan-

dis que son Basque jouoit de la musette.
Peu à peu l'araignée s'accoutuma au son
de cet instrument : elle sortoit de son
trou pour courir sur la proie qu'on lui
exposoit. Ainsi l'appelant toujours au
même son et mettant sa proie de proche
en proche, il parvint, après un exercice
de plusieurs mois, à discipliner si bien
cette araignée, qu'elle partoit toujours
au signal pour aller prendre une mouche
au fond de la chambre et jusque sur les
genoux du prisonnier.

Pendant sa captivité Pellisson conserva tous ses amis. Un d'eux choisit même le moment de sa disgrâce pour lui
dédier plusieurs de ses ouvrages. Ces dé-
dicaces, adressées à un ami dans les fers,
offrent un exemple trop honorable pour
leur auteur et pour celui qui en étoit
l'objet, pour ne pas en conserver le souvenir. Ce fut le savant Tannegui-Lefevre,
père de la célèbre madame Dacier, qui
eut ce rare courage. Il dédia à Pellisson .

pendant qu'il étoit à la Bastille, son *Lu-crèce* et le traité *de la superstition de Plu-tarque.*

Le généreux dévouement de Pellisson pour la défense de son bienfaiteur étoit bien digne d'une récompense aussi hono-rable pour les lettres : elle ne fut pas la seule que Pellisson reçut dans sa prison. Aussitôt qu'il lui fut permis de recevoir des visites, les personnes les plus distin-guées de la cour s'empressèrent d'aller le voir, entr'autres le duc de Montausier et le duc de Saint-Aignan.

Enfin, après quatre années de la plus rigoureuse captivité, la liberté fut ren-due à Pellisson, et Louis XIV, pour le dé-dommager des pertes qu'il avoit éprou-vées, lui accorda des pensions et des places.

Depuis long-temps Pellisson avoit le projet d'abjurer la religion protestante. Il l'exécuta en 1670, et peu de temps après il prit l'ordre de sous-diacre. Le roi lui donna deux riches bénéfices, l'ab-

baye de Gimont , et le prieuré de Saint-
Orens.

En 1671 , Pellisson fut pourvu d'une
charge de maître des requêtes , dont il
remplit les fonctions avec le plus grand
zèle , et avec une distinction marquée.
Tous ceux qui eurent des rapports avec
lui faisoient son éloge ; les personnes
même dont il ne pouvoit accueillir les
prétentions , étoient forcées de rendre
hommage à son équité, à sa pénétration ,
et à l'honnêteté de ses procédés.

Au milieu des travaux de la magistra-
ture , Pellisson cultivoit les lettres. Il
assistoit aux assemblées de l'Académie ,
et tout ce qui pouvoit honorer cette
Compagnie , lui étoit cher. Il en donna
une preuve, en se réunissant avec deux
académiciens, pour fonder un prix de la
valeur de 3oo livres, qui seroit accordé, tous les deux ans, au poëte qui,
au jugement de l'Académie , auroit le
mieux célébré la gloire du roi dans une

pièce de cent vers au plus. Depuis la mort de ses deux collègues, Pellisson a continué de remplir seul le vœu de cette fondation jusqu'à sa mort.

En 1672, le roi qui l'avoit nommé pour écrire l'histoire de ses campagnes, l'emmena avec lui. A celle de Maestricht (en 1673), on lui vola, pendant la nuit, 5000 livres dans sa tente. Le roi, en ayant été instruit, le gratifia sur-le-champ d'une pareille somme.

En 1674 il fut nommé économe de Cluny, de Saint - Germain des Prés en 1675, et de Saint-Denis en 1679.

Malgré les occupations que lui don-noient les fonctions qu'il avoit à remplir, il employa les dernières années de sa vie à écrire sur la religion. Il travailloit à un ouvrage sur l'eucharistie, lorsqu'au mois de janvier 1693, il tomba malade à Ver-sailles. Il regarda sa maladie comme une indisposition passagère, et voulut aller à l'église le jour de la Purification, qui étoit celui où il avoit fait son abjuration. Son médecin lui représenta qu'il le trouvoit trop foible ; mais il répondit qu'il étoit assez fort : il y fut en effet ; mais quatre jours après, le roi instruit de l'état de Pellisson, lui envoya Bosssuet, l'abbé de Fénélon et le père de la Chaise, qui lui déclarèrent le danger où il étoit. Il leur dit qu'il se confesseroit le lendemain à onze heures du matin ; mais ce jour-là, à six heures du matin, lorsqu'on entra dans sa chambre, on le trouva à l'extrémité. Il se plaignit qu'il étouffoit dans son lit, et demanda qu'on le mît dans un fauteuil ; mais à peine y fut-il, qu'il expira sur les sept heures, à soixante-neuf ans.

Ainsi mourut Pellisson, un des écrivains du siècle de Louis XIV les plus distingués dans le second ordre ; nous pouvons même dire qu'il se plaça au premier rang des orateurs, par sa défense éloquente en faveur du surintendant Fouquet : aussi avons-nous pensé que cette

partie de ses travaux devoit être le principal ornement de ses œuvres choisies : nous
y avons ajouté ses discours à l'académie,
et quelques fragmens en prose. Quant à
ses poésies, comme il étoit loin d'avoir
un talent poétique digne de passer à la
postérité, nous nous sommes bornés à conserver son élégie sur la disgrâce de Fouquet, à laquelle nous avons joint celle du
bon Lafontaine, qui fut son ami, et qu'on
vit plus d'une fois errant autour de la Bastille, les yeux mouillés de larmes, pendant que Fouquet y étoit enfermé. On jugera par les nuances de sentiment qu'offrent ces deux élégies, du caractère et
du talent des deux poëtes qui ont eu le
courage de chanter un Mécène dans les
fers.

Nous croyons ne pouvoir mieux finir
cette notice, qu'en transcrivant les passa-
ges suivans du discours de réception à
l'Académie Française, de l'abbé de Fénélon, depuis archevêque de Cambrai, lors-

qu'il fut nommé pour remplacer Pellisson.

« Jaurois besoin, Messieurs, de succéder à l'éloquence de M. Pellisson aussi-bien qu'à sa place, pour vous remercier de l'honneur que vous me faites aujourd'hui, et pour réparer dans cette Compagnie la perte d'un homme si estimable.

» Dès son enfance il apprit d'Homère, en le traduisant presque tout entier, à mettre dans les moindres peintures, et de la vie, et de la grâce. Bientôt il fit sur la jurisprudence un ouvrage, où l'on ne trouva d'autre défaut que celui de n'être pas conduit jusqu'à la fin. Par de si beaux essais il se hâtoit, Messieurs, d'arriver à ce qui passa pour son chef-d'œuvre, je veux dire l'Histoire de l'Académie. Il y montre son caractère, qui étoit la facilité, l'invention, l'élégance, l'insinuation, la justesse, le tour ingénieux. Il osoit heureusement, pour parler comme Horace ; ses mains faisoient naître les fleurs de tous côtés ; tout ce qu'il touchoit étoit embelli.

Des plus viles herbes des champs, il savoit faire des couronnes pour les héros ;
et la règle si nécessaire aux autres, de ne
toucher jamais ce qu'on ne peut orner,
ne sembloit pas faite pour lui. Son style
noble et léger ressembloit à la démarche
des divinités fabuleuses, qui couloient
dans les airs sans poser ie pied sur la terre. Il racontoit, vous le savez mieux que
moi, Messieurs, avec un tel choix des
circonstances, avec une si agréable variété, avec un tour si propre et si nouveau
jusque dans les choses les plus communes, avec tant d'adresse pour enchaîner
les faits les uns dans les autres, avec tant
d'art pour transporter le lecteur dans le
temps où les choses s'étoient passées,
qu'on s'imagine y être, et qu'on s'oublie
dans le doux tissu de ses narrations.

» Tout le monde y a lu avec plaisir la naissance de l'Académie. Chacun, pendant
cette lecture, croit être dans la maison de
M. Conrart, qui en fut comme le ber-

ceau ; chacun se plaît à remarquer la sim-
plicité, l'ordre, la politesse, l'élégance
qui régnoient dans les premières assemblées, et qui attirèrent les regards d'un
puissant ministre : ensuite les jalousies et
les ombrages qui troublèrent ces beaux
commencemens ; enfin l'éclat qu'eut cette
Compagnie par les ouvrages des premiers
académiciens... Un ministre attentif à
attirer à lui tout ce qui brilloit, l'enleva
aux lettres, et le jeta dans les affaires.
Alors quelle droiture, quelle probité,
quelle reconnoissance constante pour son
bienfaiteur ! Dans un emploi de confiance
il ne songea qu'à faire du bien, qu'à découvrir le mérite, et à le mettre en œuvre. Pour montrer toute sa vertu, il ne
lui manquoit que d'être malheureux. Il
le fut, Messieurs. Dans sa prison éclatè-
rent son innocence et son courage. La Bastille devint une douce solitude, où il faisoit fleurir les lettres.

» Heureuse captivité, liens salutaires

qui réduisirent enfin sous le joug de la foi
cet esprit trop indépendant ! Il chercha,
pendant ce loisir, dans les sources de la
tradition de quoi combattre la vérité :
mais la vérité le vainquit et se montra à
lui avec tous ses charmes. Il sortit de sa
prison honoré de l'estime et des bontés de
son roi ; mais ce qui est bien plus grand ,
il en sortit étant déjà dans son cœur hum-
ble enfant de l'église. La sincérité et le
désintéressement de sa conversion lui en
firent retarder la cérémonie , de peur
quelle ne fût récompensée par une place
que ses talens pouvoient lui attirer , et
qu'un autre moins vertueux que lui auroit recherchée. Depuis ce moment il
ne cessa de parler, d'écrire, d'agir, de
répandre les grâces du prince pour ra-
mener ses frères errans. Heureux fruit
des plus funestes erreurs ! Il faut avoir
senti par sa propre expérience tout ce
qu'il en coûte dans ce passage des ténèbres à la lumière, pour avoir la vivacité ,

la patience, la tendresse, la délicatesse de charité qui éclatent dans ses écrits de controverse.

» Nous l'avons vu, malgré sa défaillance, se traîner encore aux pieds des autels jusqu'à la veille de sa mort, pour célébrer, disoit-il, sa fête, et l'anniversaire de sa conversion. Hélas! nous l'avons vu, séduit par son zèle et par son courage, nous promettre d'une voix mourante qu'il acheveroit son grand ouvrage sur l'eucharistie. Oui, je l'ai vu, les larmes aux yeux, je l'ai entendu, il m'a dit tout ce qu'un catholique nourri depuis tant d'années des paroles de la foi, peut dire pour se préparer à recevoir les sacremens avec ferveur. La mort, il est vrai, le surprit venant sous les apparences du sommeil; mais elle le trouva dans la préparation des vrais fidèles, etc. »

Ceux qui désireroient avoir des détails plus étendus sur la vie de Pellisson, pourront consulter les biographes qui l'ont écrite. Comme il n'entroit dans notre plan que d'en rappeler les principaux traits, nous croyons l'avoir rempli.

DISCOURS

PRONONCÉ

PAR M. PELLISSON,

LE 30 DÉCEMBRE 1652;

Sur ce que l'Académie, en considération de ce qu'il avoit composé son Histoire, avoit ordonné que la première place qui vaqueroit dans le Corps lui seroit destinée, et que cependant il auroit droit d'assister aux assemblées, et d'y opiner comme Académicien, avec cette clause, que la même grâce ne pourroit plus être faite à personne, pour quelque considération que ce fût.

MESSIEURS,

Si vous avez attendu de moi un remercîment qui réponde à la grandeur

de votre bienfait, ou à la dignité de
cette assemblée, je ne doute point que
vous ne vous repentiez bientôt de m'a-
voir si généreusement obligé. Mais si
on peut dire des grâces que vous faites,
comme on a dit quelquefois de celles
du ciel, qu'on les mérite quand on en
reconnoît parfaitement la valeur; jamais homme ne les mérita mieux que
moi, et vous ne fîtes jamais une élection plus judicieuse.

Je sais combien il est glorieux d'être
membre d'un si noble Corps; quelle
utilité est jointe à cet honneur; de quel
plaisir cette utilité est accompagnée;
combien de défauts me défendoient d'as-
pirer à ces avantages; combien d'obstacles en la chose même vous défendoient de me l'accorder;

Ces diverses considérations se présen-
tent à moi sans cesse. Il n'y en a pas
une qui ne m'arrête, qui ne me touche

sensiblement, qui ne me donne pour vous, Messieurs, quelque particulier mouvement de reconnoissance.

Commencerai-je par la gloire dont me comble une si rare faveur ? Les rois, les conquérans, et quelques-uns même de ces héros, dont l'antiquité a fait ses dieux, ont pris autrefois à grand honneur d'être faits bourgeois de certaines républiques. Cependant, Messieurs, à le considérer comme il faut, un Etat, quelque florissant et quelque illustre qu'il puisse être, qu'est-ce autre chose qu'un amas de gens, que l'intérêt et la nécessité seulement joignent ensemble, où règnent, tantôt les richesses, tantôt la force et la violence, tantôt l'intrigue et la fourbe, et très-rarement le mérite et la vertu ? Certes, si la pompe extérieure ne nous éblouit, et si nous n'en jugeons que par les yeux, plutôt que par la raison, autant que le sage est au-

dessus de la multitude, l'esprit au-dessus
du corps, et le désir de savoir au-dessus
de celui de vivre, autant l'Académie
est au-dessus de la république, autant
l'honneur que vous m'avez fait, sur-
passe celui dont se glorifioient autrefois, et ces rois, et ces conquérans, et
ces dieux même de l'antiquité. Et quand
de ces réflexions générales je des-
cends à de plus particulières, quand je
me remets devant les yeux cette célèbre Compagnie, établie en la première
ville du premier royaume du monde,
formée par le plus grand ministre qui
fut jamais, et protégée encore aujour-
d'hui par un autre, qui, pour tout dire,
ne pouvoit être plus digne de lui succéder ; quand je me la représente composée de tant d'excellens hommes, connus, estimés, et admirés de toute l'Europe ; quand je m'imagine que j'aurai à
l'avenir une place au milieu d'eux, et
que

que je verrai mon nom parmi les leurs
voler partout l'univers, et prendre part
aux louanges immortelles qui leur sont
dues : l'oserai-je dire, Messieurs, je doute
si je veille, ou si je dors, et si ce n'est
point ici un de ces beaux songes, qui,
sans nous faire quitter la terre, nous persuade que nous sommes dans le ciel.

Mais, Messieurs, ces beaux songes
ne laissent rien après eux, au lieu que
la gloire à laquelle vous m'appelez doit
être bientôt suivie d'une utilité réelle et
solide. Que sert-il de le dissimuler ? si
dès mon enfance les belles-lettres ont
été ma passion ; si j'ai toujours regardé
l'art de bien écrire, comme la fin et le
dernier but de tous mes travaux ; il ne
m'étoit ni facile, ni possible d'y parvenir sans la faveur que vous me faites. Il
y a véritablement un petit nombre de
génies extraordinaires que la nature
prend plaisir à former, qui trouvent

B

tout en eux-mêmes, qui savent ce qu'on ne leur a jamais enseigné, qui ne suivent pas les règles, mais qui les font, et qui les donnent aux autres. Tels êtes-vous aujourd'hui, Messieurs : tels ont été aux siècles passés quelques grands personnages de Rome et d'Athènes. Mais quant à nous, qui sommes d'un ordre inférieur, si nous n'avons que nos propres forces, et si nous n'empruntons rien d'autrui, quel moyen qu'avec un seul jugement, et un seul esprit, qui n'ont rien que d'ordinaire et de médiocre, nous contentions tant de différens esprits, tant de jugemens divers, à qui nous exposons nos ouvrages ? quel moyen, que de nous-mêmes nous assemblions une infinité de qualités, dont les principales semblent contraires ? que nos écrits soient en même temps subtils et solides, forts et délicats, profonds et polis ? que nous accordions

toujours ensemble la naïveté et l'artifice, la douceur et la majesté, la clarté
et la brièveté, la liberté et l'exactitude,
la hardiesse et la retenue, et quelquefois même la fureur et la raison ? c'est
beaucoup : si la naissance nous donne
une partie de ce qui est nécessaire pour
ces grandes choses, nous devons recevoir tout le reste de l'institution ; il nous
faut avoir recours aux préceptes, aux
exemples, à des amis, à des maîtres ;
et ces préceptes, ces exemples, ces
amis, ces maîtres, c'est parmi vous,
Messieurs, que je me propose de les
trouver. Que dirai-je maintenant de la
douceur que je me figure dans vos con-
férences ! Ceux que vous y admettez
peuvent bien représenter, en quelque
sorte, et l'honneur, et le profit qu'ils
en attendent ; mais pour ce plaisir que
vous apporte sans doute l'agréable commerce des bonnes choses ; ce plaisir,

que la vertu jointe à l'amitié, que l'u-
nion des esprits, et la conformité de désirs louables, mêlent à toutes vos con-
versations ; il faut, si je ne me trompe,
le goûter pour le comprendre, il se sent
et ne se peut exprimer. Je vous en
prends à témoin, Messieurs ; j'en prends
à témoin ces heures, qui coulent si vite,
et ces importunes ténèbres, qui d'ordinaire viennent plutôt que vous ne
voudriez, vous séparer, et rompre ces
assemblées.

Mais je m'arrête trop long - temps,
Messieurs, à ce qu'il y a de moins particulier en votre bienfait : c'est ainsi
que je devrois vous remercier, si vous
aviez accordé cet honneur à mon mérite, à mes instantes supplications, à la
nécessité de remplir votre Compagnie,
et d'obéir à vos réglemens. Maintenant
que vous fermez les yeux à tous mes
défauts, et que vous prévenez, et mes

poursuites , et mes espérances , que
vous oubliez pour moi vos coutumes et
vos lois , qu'il ne se présente point d'ob-
stacle si grand , que votre bonté ne le
surmonte ; avec quels termes , et avec
quelle éloquence , fût-ce la vôtre même , vous pourrois-je dignement remercier ? Je veux bien ne point examiner
ici ces défauts , que vous n'avez pas
voulu considérer , et qui vous devoient
empêcher de penser à moi ; et plût à
Dieu que je pusse , ou m'en corriger entièrement , ou vous les cacher toute ma
vie. Mais je ne saurois me taire de cet
excès, de cette profusion de vos faveurs , de cette forme de m'obliger ,
pour ainsi dire , contre toutes les formes. Je crains , Messieurs , d'en parler
trop hardiment ; vous avez fait , ce me
semble , en cette rencontre , et plus que
vous ne deviez, et plus que vous ne
pouviez ; vous avez préféré en quel-

que sorte ma gloire à la vôtre, l'intérêt d'un particulier sans mérite à celui
de tout votre auguste Corps. Je pen-
sois, Messieurs, et vous l'aviez cru
peut-être, que ce seroit la principale
matière de mon discours : mais quelle
apparence de m'étendre davantage sur
un sujet, où si je veux me louer de votre bonté, je me vois presque contraint
de blâmer votre indulgence, où tous
mes remercîmens seroient des repro-
ches, où je ne saurois ni vous défendre
sans orgueil, ni vous accuser sans ingratitude ? A la vérité, si l'Académie
n'a jamais tant fait d'honneur à personne, jamais personne n'eut un si ferme
et si véritable dessein de l'honorer ; si
elle a violé pour moi ses propres lois,
elle ne se plaindra jamais que je les
viole. Mais je crains bien que toutes
mes bonnes résolutions ne puissent pas
excuser la sienne. Qui suis-je, Mes-

sieurs, pour faire qu'on ébranlât, en ma
faveur, des fondemens posés avec tant
de jugement, et affermis par l'usage de
tant d'années ? Qui suis-je, que pour me
donner entrée en ce sacré lieu , il fallût
non pas en ouvrir les portes , mais , si je
l'ose dire, en abattre les remparts et les
murailles, comme on feroit pour un roi
triomphant et victorieux ? La vanité
m'emporteroit , Messieurs , si j'allois
plus loin; je sens cette douce confusion
de pensées, que donnent la joie , la reconnoissance, et toutes les autres passions agréables, quand elles sont au plus
haut point : dans ce désordre de mon
esprit , tout ce que je puis, c'est de reprendre mes propres paroles, de finir
de même que j'ai commencé, et de m'é-
crier pour toute conclusion : Si vous
avez attendu de moi un remercîment
qui répondît à la grandeur de votre
bienfait, ou à la dignité de cette As-

B

semblée, je ne doute point que vous ne
vous repentiez déjà de toutes les grâces
que vous m'avez faites : mais si c'est les
mériter que d'en reconnoître parfaitement la valeur, jamais homme ne les
mérita mieux que moi, et vous ne fîtes
jamais une élection plus judicieuse.

DISCOURS

Prononcé le 17 novembre 1653, par M. Pellisson, lorsqu'il fut reçu à la place de M. de Porchères.

MESSIEURS.

J'aurois souhaité de ne voir jamais mourir pas un de messieurs les Académiciens, et de demeurer toute ma vie supernuméraire, ce qui ne m'étoit que trop glorieux ; mais puisqu'il en devoit arriver autrement, je me réjouis de voir que cette illustre Compagnie me confirme aujourd'hui la grâce qu'elle m'avoit déjà faite, et qu'elle n'en a point été détournée, ni par les défauts qu'elle a

B 5

pu remarquer en moi, depuis que j'ai
l'honneur d'assister à ses assemblées, ni
par les divers murmures qui ont été
excités contre moi de tous côtés, contre ce misérable livre, qui, tout innocent qu'il est, n'a pas eu certainement
le bonheur de satisfaire également tout
le monde. Je me sens obligé, Messieurs,
à vous protester de nouveau, que ni en
le composant, ni en le publiant, je n'ai
jamais eu d'autre pensée que de servir
la Compagnie, d'obliger tous les particuliers qui la composent, d'honorer
la mémoire du protecteur mort, de rendre tout ce que je dois au mérite et à la
qualité du protecteur vivant. A cette
protestation, Messieurs, j'en ajoute une
autre, qui est que je n'imiterai point
ceux qui ne témoignent de l'ardeur pour
leurs maîtresses que durant les fiançail-
les, et qui s'en dégoûtent le lendemain
de leurs noces. Vous me verrez redou-

bler mon assiduité et mes soins ; et par
les devoirs que je rendrai, et à tout le
Corps en général, et à chacun de vous,
Messieurs, j'essayerai de vous faire voir,
que dans une âme qui n'est pas tout-à-
fait mercenaire, le souvenir et la reconnoissance d'un bienfait reçu ont encore
plus de force que n'en avoient le désir
et l'assurance de le recevoir.

CONVERSATION DE LOUIS XIV DEVANT LILLE.

IL y a tant de différence entre ce qui part purement du cœur du roi, et ce qui se peut dire de plus grand de sa personne, que pour vous faire voir ses vertus dans leur source, je serai bien aise de vous rendre compte d'un entretien, où j'eus l'honneur d'être en tiers devant Lille, et où sa modestie se trouvant vaincue par nos prières, voici comme il parla des sentimens de son âme sur tous les sujets où la conversation se tourna, que je ne vous redirai point par ordre, pour le pouvoir mieux lier avec mon sujet.

Les rois dans leur conduite sont bien plus malheureux que les autres hommes, puisque leurs cœurs ne sont pas exposés aux yeux de leurs sujets, comme sont toutes leurs actions, dont ils ne jugent la plupart du temps que selon leurs intérêts et leurs passions, et presque jamais selon l'équité.

C'est ce qui fait qu'on les blâme souvent quand ils sont le plus estimables, et lorsque pour satisfaire à leurs obligations, ils sont forcés de sacrifier toutes choses au bien de leur Etat.

Quand j'ai pris le gouvernement de mon royaume, j'ai bien vu que ma réputation alloit être à la merci de tout le monde, qui peut-être ne me rendroit pas toujours justice.

Mais comme je ne songe qu'à me bien acquitter de tout ce que je dois à mes peuples, et à ma dignité, j'ai méprisé, pour faire mon devoir, toutes les autres gloires.

J'ai cru que la première qualité d'un roi étoit la fermeté, et qu'il ne devoit jamais laisser ébranler sa vertu par le blâme ou par les louanges. Que pour bien gouverner son Etat, le bonheur de ses sujets étoit le seul pôle qu'il devoit regarder, sans se soucier des tempêtes, et des vents différens qui agiteroient continuellement son vaisseau.

J'ai fait ce que j'ai pu pour me bien affermir dans une maxime qui seule peut donner du repos à un roi, et à ses peuples.

Cependant si ma conduite ne laisse pas de trouver des censeurs, et si même je fais quelque faute, comme il est bien malaisé qu'un jeune roi n'en puisse faire, Dieu n'a pas laissé de bénir mes bonnes intentions, puisque je puis dire, sans en vouloir tirer de vanité, qu'il n'y a point dans le monde de royaume plus florissant que le mien, ni de roi plus heureux.

Quand après avoir songé au bien de

mon État, je trouve l'occasion d'en faire à mes sujets particuliers, je confesse que je sens véritablement le plaisir d'être roi.

Mais comme l'envie ne s'étend pas seulement sur celui qui reçoit un bienfait, mais encore sur celui qui le donne,

J'ai vu souvent qu'on m'a voulu ôter le mérite de mes grâces, et de mes libéralités, pour le vouloir donner à quelque autre.

On ne peut souffrir que personne nous approche sans qu'on dise qu'il nous gouverne.

Et quoique pour réparer un temps où j'avoue que ma trop grande jeunesse avoit laissé trop empiéter, j'aie depuis donné mille marques que rien que la justice et la raison n'ont de pouvoir sur moi, on aime souvent mieux croire mes ennemis que mes actions.

On veut que je ne puisse considérer

ceux qui me servent et qui me plaisent
plus que les autres, sans accuser de
foiblesse mon amitié; et pour me rendre plus esclave que les esclaves mêmes, on voudroit pouvoir enchaîner
mes inclinations.

Cependant comme je sais qu'il n'y a
rien si aisé à surprendre qu'un roi qui
croit jamais ne le pouvoir être, sans
me fier à mes lumières, j'écoute tout
le monde, afin que personne n'abuse de
l'honneur de ma confiance.

La vérité est toujours bien reçue,
quand on me l'apporte avec respect et
sans passion. Et quand on n'a d'attache-
ment qu'à ma personne, on peut aisément se moquer de l'envie, et des mé-
chans offices de la cour.

Je fais ce que je puis pour avoir des
amis aussi-bien que des serviteurs; et
quoique je confesse que je me suis trompé dans le choix de quelques-uns, mon

cœur ne peut se refuser d'aimer, ni de faire du bien, qui sont les seuls plaisirs que je connoisse au monde.

L'amour de la gloire va assurément devant tous les autres dans mon âme.

Et comme celle que notre valeur nous fait acquérir est assurément la plus estimable; c'est celle aussi où je me trouve le plus sensible. Puisque je vois que je vous ferai plaisir de vous parler de mon cœur, je veux bien faire cet effort pour l'amour de vous, quelque répugnance que j'aie à parler de moi-même.

Il est vrai que j'ai toujours eu de la peine de m'entendre louer de toutes les vertus d'un grand roi, et de savoir que je ne méritois pas encore celle dont on me flattoit le plus.

Ces titres de conquérant et de brave qu'on donne indifféremment à tous les rois, sans avoir jamais rien fait, outra-

geoient mon courage; et mon cœur véritablement juste et généreux ne pouvoit souffrir qu'un autre lui fit grâce
d'une gloire dont il se sentoit seul
digne.

Cependant comme il y a quelque
chose de grand à réprimer ses passions,
lorsqu'on les peut satisfaire, et qu'il
n'appartient qu'à un roi sans religion et
sans amour pour ses sujets d'entreprendre la guerre, pour contenter son ambition, j'ai voulu attendre que ce fût
la justice qui me mît les armes à la
main.

Il est vrai que j'ai été bien aise qu'elle
m'ait ouvert la porte de la gloire, et
qu'elle m'ait fait naître l'occasion de
montrer à toute la terre qu'il y a encore
un roi au monde.

Voilà l'esprit qui m'a conduit; c'est
ce qui m'a toujours fait agir.

Maintenant pour vous rendre compte

des raisons qui m'ont fait hasarder ma personne dans les occasions qui n'étoient pas dignes de moi, il faut que je vous fasse fouiller un peu plus avant dans mon cœur, et que je vous dise quelque chose de ce qui s'y est passé, outre ce que je dois à ma réputation, et à ma gloire, à la reine, à mon fils, et à mon Etat.

Une valeur brutale qui ne voit goutte, et qui ne sait que mépriser la vie, n'est pas celle d'un honnête homme, ni d'un roi.

Il faut que ce soit l'honneur et le bien public qui nous porte dans le danger, autant que le mépris de la mort, et nous ne pouvons rechercher de la gloire aux dépens du bonheur général de nos sujets.

Ils nous doivent leurs vies, mais la nôtre n'est pas à nous, et nous ne pouvons l'hasarder que quand notre réputation est nécessaire à leur repos.

Mais si quelque roi doit avoir ces considérations, c'est assurément celui qui voit consister en sa seule personne tout le bonheur ou la perte de son Etat, qui ayant élevé sa monarchie jusqu'au faîte de sa grandeur, n'a qu'une jeune reine et un enfant pour la soutenir, qui ont besoin qu'il vive aussi-bien que ses peuples, pour ne se voir pas tous avec son ouvrage dans un pitoyable chaos.

Je vous avoue que toutes ces réflexions m'ont souvent attendri le cœur, et que j'ai eu besoin de toute ma vertu pour ne m'y laisser pas surprendre.

Mais quand je songe qu'à la réputation des rois est attachée la félicité de leurs sujets, et que pour établir une solide paix dans mon royaume, j'aurois besoin d'aller porter la guerre chez mes voisins qui diminueroient la haute estime qu'ils ont de moi, si je ne leur faisois redouter mon courage en me faisant

justice à moi-même, je n'ai plus écouté
que la voix de l'honneur et de la victoire, qui sembloit m'appeler au milieu
des périls pour m'y couronner.

Sitôt que je me suis vu libre, et que
la vue du bien de mes peuples autant
que celle de la gloire m'a permis d'hasarder ma personne, je vous avoue que
je n'ai pu laisser languir plus long-temps
ma valeur après le jour d'une bataille.

Je sais bien que c'est la seule occasion digne d'un roi, et que quand nous
tirons l'épée, il faut que le reste du
monde tremble sous notre valeur.

Mais pour faire voir qu'on est brave
et qu'on sait mépriser la vie, quand il
s'agit de notre réputation, l'on n'a pas
besoin de ces grandes journées, et c'est
ce qui a fait que j'ai couru partout où
j'ai vu le péril.

Je savois bien que difficilement les
ennemis seroient en état cette campagne

de me donner bataille, et de remettre toute l'Europe qui attendoit de grandes marques de mon courage à quelque autre année, me paroissoit une raison ridicule.

Ainsi voyant que je ne pouvois présentement espérer une occasion illustre, où je me signalerois, j'ai voulu illustrer mes conquêtes en faisant nommer mon nom dans tous les lieux où j'ai cru que l'on pouvoit acquérir de l'honneur.

Mais il me siéroit mal de parler plus long-temps de ma gloire devant ceux qui en sont témoins.

C'est pourquoi je laisserai à mon histoire le soin de la faire valoir; et comme des personnes qui m'aiment, je vous prierai seulement de me dire, sans me flatter, et sur la fidélité que vous me devez, s'il me reste encore quelque chose à faire pour établir ma réputation.

J'interromprai ici la conversation du

roi, pour dire que nous lui répondîmes que jamais prince n'en avoit eu une plus affermie.

Puisque sur votre parole, reprit le roi, je puis demeurer en repos à cet égard, je vous dirai naïvement comme quoi je me trouve dans les occasions où je ne puis plus m'exposer.

Je ne sais si tout le monde est comme moi; mais quoique je ne sois pas envieux de la valeur d'autrui, je confesse que je ne laisse pas d'avoir de la peine, toutes les fois que j'entends conter une belle occasion où je ne me suis pas trouvé.

Il me semble qu'on m'ôte de ma gloire, quand sans moi on en peut avoir; et sans me contenter de celle que j'ai acquise, et de la part qu'un roi qui fait le métier de véritable capitaine, a dans toutes les actions de guerre qui se passent en sa présence, je voudrois bien encore partager celle de mes soldats, en courant le même danger qu'eux.

Cependant je vois bien que j'ai tort ; je condamne mes pensées, et je me reproche à moi-même des sentimens que je trouve plus dignes d'un simple gentilhomme, que d'un grand roi.

Mais quoique ma raison soit convaincue, je sens bien que mon cœur ne l'est pas.

Et comme dans ces passions qu'on ne peut surmonter en présence, sans sentir de cruelles gênes, de même, quand je vous vois courir à des occasions où je n'oserois aller, je vous avoue que quoi que me dise ma raison, je ne laisse pas de souffrir infiniment.

Ce sont des foiblesses de l'homme, dont on n'est pas exempt pour être né sur le trône, et que je regarde plutôt comme un défaut de mon amour-propre, que comme une vertu royale.

Cependant

Cependant comme elles sont plus ex-
cusables que celles qui leur sont contraires, j'espère que vous leur ferez
grâce, et que le temps m'en corrigera;
mais je serois bien aise auparavant que
les ennemis, honteux de m'avoir vu partager leur pays, sans avoir jamais osé
paroître devant moi, pour sauver au
moins leur réputation, tentassent ici
quelque chose, où je pusse faire paroître un courage aussi agissant qu'intré-
pide.

Voilà les véritables sentimens de mon
âme, dont j'aurois eu bien de la peine à vous parler, si la bonne opinion
que vous avez de moi ne m'y eut obligé, et si nous n'étions en un lieu où je
ne ferai rien qui puisse vous la faire
perdre.

Quant à l'action que je fis l'autre
jour et que votre amitié me reproche
comme un grand crime, je vois bien

C

qu'il faut que je m'en justifie, et que je vous fasse avouer qu'en cette rencontre mon emportement ne fut pas sans raison.

Ne croyez pas que quand je me suis résolu à faire le siége de Lille, et que depuis que j'y suis venu, je n'aie bien examiné toutes les difficultés qui pourroient m'empêcher de faire réussir un dessein que j'ai pris sur moi-même, et où présentement il y va de ma gloire.

Dans les autres actions que j'ai faites cette campagne, et où j'ai suivi autant les avis de M. de Turenne que mes sentimens, j'ai cru que sa capacité, appuyée de ma présence, suffisoit pour les faire bien réussir ; ainsi je me suis plus appliqué à apprendre sous lui le métier de la guerre, et à donner des preuves de mon courage, qu'à la conduite particulière de mes desseins.

Dans celui-ci je n'ai pas fait de même.

J'ai cru que le siége d'une ville comme
Lille, où il y avoit cinq mille hommes
de guerre, et cinquante mille habitans portant les armes, et fortifiée de
dix-sept bastions, d'autant d'excellentes
contrescarpes, avec toutes les choses
nécessaires pour les défendre, étoit
une entreprise qu'il n'y avoit qu'un
grand roi qui pût l'envisager, et la faire
glorieusement réussir.

L'honneur d'une si belle conquête
m'a touché; et m'ayant fait voir encore
plus d'espérance que de difficulté, je
puis dire qu'en cette occasion j'ai dé-
terminé M. de Turenne à me suivre, et
à ne rien craindre pour ma gloire.

Ainsi j'ai marché droit à Lille avec
cet heureux génie qui ne m'a encore jamais manqué.

Quand j'ai vu cette place, je l'ai trou-
vée incomparablement plus belle et plus
forte qu'on ne me l'avoit dit.

C 2

Tous les prisonniers que j'ai faits,
m'ont assuré que leur garnison étoit
composée de leurs meilleures troupes,
et que le gouverneur et les habitans
étoient tellement unis dans la résolution
de se bien défendre, que je n'en devois
pas moins espérer que de leurs soldats.

Quant à ce qui regarde le dehors,
j'ai trouvé une circonvallation de cinq
lieues à garder avec des quartiers qui
ne se peuvent du tout secourir, pendant
que j'ai nouvelle de tous les côtés que
les ennemis s'assemblent pour venir at-
taquer mes lignes, et que ceux de la
ville se préparent à faire une sortie de
sept à huit mille hommes, pour faciliter leur attaque.

Toutes ces difficultés, qui n'ont servi
qu'à rendre mon courage plus ferme,
s'étant répandues dans mon armée, j'eus
peur qu'elles n'intimidassent mes soldats par l'imagination d'un si grand pé-

ril; et voyant bien que la prise de Lille consistoit à prendre au commencement le dessus sur les ennemis, et à ne laisser pas aguerrir une multitude infinie de bourgeois par le moindre petit avantage sur nous : j'ai cru qu'il n'y avoit que mon exemple, mes officiers et ma noblesse qui pussent inspirer à mon armée une vaillance extraordinaire, et qui étonnât d'abord les ennemis.

Pour cela je voulus que ma présence animât toutes leurs actions; et afin qu'il ne m'en échappât aucune, j'ai passé toutes les nuits au bivac à la tête de mes escadrons, et la plupart des jours à la queue de ma tranchée, afin que si les ennemis entreprenoient quelque chose sur mes lignes, ou bien qu'ils fissent quelque sortie, je pusse fondre sur eux avec toute ma cour.

Jusqu'à ce jour mes intentions n'ont point été déçues; et tous mes officiers

C 3

ont si bien pris l'air que je leur ai voulu donner pour défendre ma gloire, qu'il
semble que la vie ne leur est plus de rien.

Vous avez vu dans la première sortie que les ennemis voulurent faire sur
mon régiment des gardes, comment
tous mes officiers sortirent d'abord l'é-
pée à la main hors de la tranchée, avec
le comte du Lude, premier gentilhomme de ma chambre, et comment, sans
donner loisir aux ennemis de se mettre
en bataille, ils furent jusque sur leur
contrescarpe les repousser, malgré tous
leurs dehors et tous leurs remparts qui
étoient bordés de mousquetaires.

Vous vîtes de quelle manière une action de si grande vigueur fit d'abord perdre le cœur aux ennemis, et en donna
à mes soldats, que les officiers eurent
peine à retenir et à faire rentrer dans la
tranchée.

Depuis ayant voulu tenter d'en faire

une seconde de cavalerie, plusieurs de vous autres virent comment M. le duc de Coaslin, mestre de camp de la cavalerie, et le comte de Saint - Pol s'étant trouvés à la tête de plusieurs officiers, et de quelques volontaires, poussèrent, comme si chacun d'eux eût été suivi d'un escadron, et firent presque le même effet, puisque les ennemis, sans attendre sept ou huit cents chevaux qui venoient les soutenir à toute bride, se retirèrent aussitôt sous leur mousqueterie. Et il n'y eut que le chevalier de Fourbin blessé, lieutenant de mes gardes du corps, et un des plus braves et des plus sages gentilshommes de mon royaume.

Il est vrai qu'avant-hier m'étant trouvé avec tous vous autres à la ligne de circonvallation, quand les ennemis voulurent faire une troisième sortie; et ayant vu déjà deux de mes escadrons

sortir de leur épaulement pour les aller charger, je crus que j'aurois mauvaise grâce de souhaiter des marques
extraordinaires de votre courage, sans
vous en donner du mien dans une occasion, où ma réputation étoit si fort
intéressée. Il n'y a point de roi, pour
peu qu'il ait le cœur bien fait, qui voie
tant de braves gens faire litière de leur
vie pour son service, et qui puisse demeurer les bras croisés.

Ainsi je fus bien aise que votre courage et votre affection justifiassent mon
ardeur et mon zèle; et de vous commander moi-même dans une action que
je croyois qui alloit être assez grande,
pour en pouvoir partager l'honneur
avez vous, et avoir de si bons témoins
de ma valeur.

Je sais que la médisance n'épargne
pas plus la personne des rois que celle
des autres hommes; et quoique les traits

qu'on leur porte soient plus cachés, ils ne laissent pas de pénétrer dans le cœur de tout le monde, lorsqu'ils ne sont parés que par les marques de la royauté.

Quand un roi se contente de s'entendre continuellement louer, et qu'il n'a pas le cœur plus délicat que les oreilles, il est souvent tout seul satisfait de lui-même.

Notre sacrée personne ne consacre pas notre réputation, toute seule ; et quoique je sache bien qu'il doit y avoir beaucoup de différence entre le courage d'un roi et celui d'un particulier, ce ne sont pourtant que nos vertus et nos bonnes actions qui nous donnent l'immortalité.

Pour cela j'ai voulu agir dans la guerre comme j'ai fait dans le gouvernement de mon royaume, en ne me reposant de ma réputation sur personne que sur moi-même.

C 5

Dans les autres sujets, où j'ai cru qu'on ne pouvoit point voir d'occasion de campagne, où mon honneur n'étoit pas si intéressé, et dont l'économie ne rouloit pas entièrement sur ma personne, je me suis contenté d'aller à la tranchée, pour faire voir que je ne craignois pas plus les coups de mousquet, qu'un autre homme.

Mais ici où toutes les apparences sont que l'on verra quelque belle action, et où ma présence fait tout, j'ai cru que je devois faire voir en plein jour quelque chose de plus qu'une vaillance enterrée.

Et pour vous dire la vérité, quoique l'affaire d * * * ne pût en rien diminuer ma gloire, je n'ai pas laissé d'en être un peu piqué, et de chercher une occasion où je pusse la faire éclater par moi-même.

Voilà les véritables raisons qui m'ont

fait pousser à votre tête peut-être un peu
plus avant que ne devoit faire un roi
qui n'auroit pas eu toutes ces considérations, et qui aime mieux qu'on le blâme
d'être un peu trop chaud, quand il voit
les ennemis, que trop sage.

Cependant vous voyez qu'ils ont si
fort respecté ma personne, qu'ils n'ont
pas tiré sur moi, comme ils le pouvoient
faire; et j'espère que Dieu la conservera
encore long-temps pour le bien de mon
Etat, et pour reconnoître vos services
et votre amitié.

C 6

MÉMOIRE

Sur quelques travaux à proposer aux Gens de Lettres.

PREMIÈRE PARTIE.

DE toutes les grandes choses qu'on entreprend pour la gloire des rois, les ouvrages de l'esprit sont les plus durables, et leur coûtent le moins.

Il ne faut pas mettre seulement en ce nombre les histoires de leur vie, ou leurs panégyriques en vers et en prose. Tout ce qui se fera par les ordres de S. M. d'utile et d'illustre dans les lettres, parlera d'elle hautement jusques à la fin du monde. Toutes les pierres du Louvre la louent, encore qu'elles ne portent pas toutes des inscriptions à son honneur.

Chacun a droit sur son propre esprit pour des desseins particuliers ; il n'appartient qu'aux rois d'unir et de fondre, pour ainsi dire, plusieurs esprits dans un grand ouvrage.

Mais cet alliage est plus difficile que celui des métaux ; et s'il faut dire la vérité, on a vu réussir peu souvent de pareilles entreprises. La longueur, la négligence et la mollesse semblent presque inévitables en toutes celles dont l'intérêt, la gloire et la honte se partagent à tant de personnes. De cette variété de génies qui plairoit partout ailleurs, il naît d'ordinaire je ne sais quel corps à plusieurs âmes, peu naturel et monstrueux ; je ne sais quel édifice inégal et grossier qui fait remarquer partout la main différente de plusieurs maçons, sans l'esprit unique de l'architecte.

Cependant les grands obstacles, quand on les surmonte pour une fin noble et magnifique, sont de grands sujets d'admiration. Si l'on peut venir à bout de ceux dont nous venons de parler, soit par le choix de la matière, soit par la conduite du travail, plus le succès a été rare jusques ici, plus il sera glorieux.

Quant à la matière, il semble qu'on la doit choisir importante, d'une vaste étendue, aussi différente d'elle-même en ses diverses parties, que le sont entre eux les esprits et les talens des gens de lettres; les uns très-savans, où les autres sont très-ignorans; ceux-ci excellens, où ceux-là sont moins que médiocres.

Tout ce qu'on peut souhaiter là-dessus se rencontreroit peut-être dans un ouvrage qu'on appeleroit, *l'Histoire des Sciences et des Arts*; titre qui embrassera autant de matière qu'on voudra, puisqu'en la plupart des choses nous ne savons rien qu'historiquement, beaucoup plus certains de ce que tels et tels ont tenu, que de ce qu'il nous faut tenir nous-mêmes.

Je n'entendrois pas toutefois par-là une de ces encyclopédies, ou sciences universelles qu'on a déjà. Ces travaux, quoiqu'ils aient leur usage, tiennent presque toujours beaucoup moins qu'ils ne promettent, réduits ordinairement, et par nécessité, aux simples définitions, divisions et subdivisions des choses; si secs, en un mot, que l'esprit n'y trouve rien qui le mène à l'utilité par le plaisir, ni dont il puisse se divertir et se nourrir; et l'on s'aperçoit avec douleur à la fin de la lecture, qu'en voulant tout apprendre, à peine a-t-on rien appris.

Je prétendrois donc qu'en l'ouvrage dont il s'agit, sans expliquer tout le détail de ce que chaque science contient, on traitât en autant de chapitres, sections ou parties, les articles suivans.

1. Quel est le but de chaque science, son utilité pour les particuliers et pour le public ; une description générale des moyens qu'elle emploie pour parvenir à ce but.

2. Quels ont été ses premiers inventeurs, dont nous ayons mémoire. Par quels commencemens elle s'est réduite peu à peu en science et en art.

3. Son progrès historique dans les siècles suivans, et chez les autres nations. Combien de fois elle a changé de face par les diverses sectes, ce qui se trouvera en toutes aussi-bien qu'en la médecine, physique, et morale. Les principes généraux et opposés, sur lesquels chaque secte s'est fondée. La vie très-abrégée des fondateurs ou restaurateurs des sectes, caractère de leurs génies divers tiré de leurs écrits, ou de ce qui nous en reste. Jugement de ce que cha-

que secte a eu de louable, soit pour être conforme aux principes indubitables de la foi, soit pour être commode et utile à la société. Si cet article est trop grand pour un chapitre, on en fera plusieurs.

4. Ce qu'il y a d'imparfait en chaque science, et par quels obstacles elle ne peut aller aussi loin qu'elle voudroit.

5. Méthode pour étudier en chacune avec succès suivant le degré de perfection dont la science et l'esprit humain sont capables. Jugement des meilleurs livres qui en ont traité, et des meilleurs endroits en chacun. Ordre général, et préceptes particuliers à observer en leur lecture.

6. Avis de ce que les rois, princes, ministres, et de ce que les savans et gens d'excellent esprit peuvent contribuer à l'avenir pour rendre cette science plus parfaite.

Pour faire cet ouvrage communé-
ment, c'est-à-dire mal, tel particulier
en viendra à bout dans six mois; pour
le faire dans la perfection où l'on peut
le concevoir, il y faut plusieurs années
de plusieurs grands hommes.

Quand j'ai dit, par exemple, au troisième article, qu'il faut marquer, et
faire connoître le caractère divers de
chaque fondateur de secte tiré de leurs
écrits : je suppose une lecture nouvelle
de tous leurs écrits avec cette intention.
Un extrait des bonnes, belles et grandes choses qu'ils contiennent; des observations sur leur manière de traiter
les sujets, de raisonner et de s'exprimer. Tout cela rasssemblé, agité, examiné plus d'une fois par des personnes
de grand travail et de grand esprit, di-
géré enfin, et fondu en un seul corps
par quelque personne d'un savoir assez
universel, d'un beau génie, d'un grand

jugement qui sache se modérer dans cette abondance; prendre seulement ce qui éclaire l'esprit sans le charger; réduire beaucoup de choses en peu de mots; expliquer familièrement les plus relevées; ajouter à la beauté des matières l'ornement naturel et chaste du discours, et surtout réduire à certaines observations générales soutenues d'exemples choisis et agréables, l'esprit des auteurs, en telle sorte qu'on les connoisse par son rapport un peu mieux que si on les avoit lus.

On n'apporte point à ces mémoires ni le savoir, ni l'esprit, ni la méditation qu'il faudroit pour en tracer même un crayon imparfait; mais on fera peut-être au moins entrevoir ce qu'on a conçu, je veux dire la différence, entre ce dessein et celui des encyclopédies communes, en supposant qu'on eût à parler, par exemple, d'Aristote, un des plus grands auteurs de l'antiquité.

SECONDE PARTIE.

Quant à Aristote, on pourroit faire remarquer la beauté, la pureté, la netteté très-attique de son style, et je ne sais quelle douceur si grande à ceux qui le connoissent le mieux, qu'un excellent homme de notre temps, professeur dans une Académie publique, ne le nommoit presque jamais sans exclamation, et sans cet éloge latin, *Mellitissimus auctor*, un auteur tout de miel.

Traiter ensuite par quelle raison, ou par quel malheur cet auteur si net et si élégant, est néanmoins en tant d'endroits d'une obscurité presque impénétrable; soit que par la foiblesse humaine il tombe dans ce défaut, en affectant la brièveté; soit qu'il suppose avec raison, comme il le faut nécessairement dans le genre d'écrire didactique, ce qu'il a expliqué auparavant, et qu'on n'a pas assez remarqué, ou même ce qu'il avoit expliqué en d'autres ouvrages qu'on n'a plus ; soit que l'usage moins familier de la langue grecque, presque ignorée avant François Ier., et les traductions imparfaites dont l'école se servoit au commencement, ayant fait prendre des chemins à gauche, dont on a peine de revenir ; soit que certains termes connus en son temps, et pour ainsi dire consacrés par les disputes et par les écrits des philosophes, ne sonnent plus aujourd'hui la même chose pour nous ; soit qu'il lui ait plu enfin de se couvrir de ténèbres, à peu près, si l'on osoit comparer les choses profanes aux sacrées, comme l'écriture, la plus claire et la plus obscure du monde à divers égards : ce qui ne seroit point si étrange en ce grand homme, puisque la plupart de ceux qui l'ont précédé ont couvert leur philosophie aux yeux du

peuple sous le voile des fables, des al-
légories, et des énigmes; outre l'opinion commune, qu'il en faisoit sa cour
à Alexandre, lui donnant le plaisir de
voir comment il divulguoit, et ne divulguoit pas tout ensemble ce qu'il lui avoit
enseigné.

On pourroit faire remarquer aussi
que ce philosophe, aujourd'hui le roi
et le dieu des scolastiques, gens si affir-
matifs, et qui ne doutent de rien, est
néanmoins en ses expressions l'un des
plus modestes dont nous ayons les écrits,
ajoutant presque à tout ce qu'il dit, un
peut-être; un, *ne seroit-ce point*, et tels
autres termes, comme pourroient faire
les meilleurs sceptiques du monde : en
cela imité par Théophraste, son plus
cher disciple, aussi-bien que par les ju-
risconsultes romains, dont les déci-
sions les plus formelles portent d'ordinaire, *nous pensions*, *il nous sembloit*.

Il faudroit traiter sans doute des erreurs d'Aristote, ou pour mieux dire,
des accusations contre lui, que je divi-
serois volontiers en trois espèces : les
unes injustes et mal fondées ; les autres
où il est excusable ; les autres où, en le
condamnant, on est contraint de l'admirer.

On l'accuse injustement, si je ne me
trompe, d'avoir voulu que la servitude
fût naturelle dans le monde. Il a voulu
dire seulement avec S. Paul, que toute
puissance est établie de Dieu : son éternelle sagesse s'étant servie de la perfection et de l'imperfection des choses,
pour les lier toutes ensemble d'une chaîne naturelle d'intérêt commun, qui fait
que l'inférieur comme le supérieur,
trouve son avantage dans une dépen-
dance légitime ; un seul ne pouvant se
passer des autres, ni les jeunes des vieux;
ni les vieux des jeunes ; ni les simples

des habiles ; ni les habiles des simples ;
ni les foibles des forts ; ni les forts des
foibles ; ni les valets des maîtres ; ni les
maîtres, ni les peuples de rois ; ni les
rois des peuples.

On l'accuse, avec raison peut-être,
d'avoir ôté à la Providence éternelle la
connoissance des choses particulières.
Je dis peut-être, car ce qu'il assure en
tant de lieux touchant la sagesse, l'intelligence de Dieu, a persuadé à plusieurs personnes savantes, qu'en celui
dont il s'agit, il pouvoit avoir un autre
sens : entendant seulement que Dieu,
dans sa connoissance infinie, ne passe
pas comme nous d'objet en objet ; mais
que contenant toutes choses, au lieu
d'en être contenu, il ne les voit qu'en
lui-même, et ne les connoît que parce
qu'il se connoît. Qand nous ne lui se-
rons pas si favorables, gardons-nous de
croire au moins qu'il ait fait sa divinité
incapable

incapable de tout voir et de tout entendre ; rien n'est plus éloigné de ses sentimens. Cette première cause, dit-il,
(et que pouvoit dire un chrétien de plus
beau?) cette première cause n'a non
plus de peine à connoître, que nous à
vivre et à être ; c'est le plus grand de
ses plaisirs ; en cela consiste sa félicité
parfaite. Mais il y a des choses, ajoute-
t-il, qu'il vaut mieux ne point voir que
voir : sans faire réflexion que cette maxime toute humaine n'a son fondement
qu'en nos défauts, par lesquels seulement certaines choses nous peuvent
blesser, importuner, ou déplaire. Disons donc qu'il a tort. Mais qui de nous
osera jeter la première pierre contre
lui, si S. Jérôme lui-même, l'un des plus
pieux, des plus savans, des plus éclairés pères de l'église, par un même principe, trouve extravagant et ridicule
que Dieu sache le nombre des insectes,

D

et combien il naît ou meurt de moucherons à chaque moment, lui qui avoit lu *qu'il ne tombe aucun passereau sur la terre, sans la volonté du père céleste ?*

On accuse enfin, avec juste raison, ce grand personnage d'avoir fait le monde éternel, en quoi il témoigne assez lui-même qu'il avoit été précédé par de plus anciens que lui. Je les condamne tous ; mais qu'il me soit permis de le dire : je les admire tous aussi. Et qui ne s'étonneroit de voir ces génies élevés, imaginer par la seule lumière naturelle, ce que les Arriens, c'est-à-dire en certain temps, une bonne partie du monde chrétien, éclairés par la lumière de l'évangile, n'ont toutefois jamais pu comprendre ? J'entends un principe éternel, qui ayant en soi, et par son essence, le pouvoir de produire, eût eu avant tous les temps une production aussi éternelle que lui. Ils ont mis l'univers au lieu du Verbe, parce qu'ils n'avoient point vu dans Moïse comme nous : *au commencement Dieu créa le ciel et la terre;* ni dans Saint-Jean : *au commencement étoit le Verbe, et le Verbe étoit avec Dieu, et le Verbe étoit Dieu.* Car au fonds, leurs expressions sur le sujet de l'univers ont un rapport surprenant avec celles des pères et de l'écriture même sur la génération éternelle du fils de Dieu. Il n'a point été tiré d'aucune matière, disent-ils, ni tiré du non-être aussi. S'il est engendré en un sens, c'est une génération toute autre que la nôtre. Il n'y a jamais eu de temps où il fût vrai qu'il pouvoit être engendré. C'est une production nécessaire du premier principe, mais d'une nécessité sans contrainte qui n'a rien que de grand, que de beau, que de divin. C'est un écoulement de Dieu même; son ombre; la splendeur de sa lumière; com-

me quand l'épître aux Hébreux dit du
fils éternel de Dieu, que c'est la splendeur de la gloire du père, l'empreinte,
ou la marque engravée de sa personne.

Il faudroit encore pour montrer quel
étoit l'excellent génie d'Aristote, parler de quantité d'opinions qu'on a prises
pour des découvertes nouvelles en ce
siècle, qui sont toutefois cachées et res-
serrées en peu de mots dans ses écrits :
comme s'il n'avoit fait nul état des mêmes choses dont nous nous parons aujourd'hui avec tant de pompe ; sur quoi
je ne m'étends point, de peur de passer
les bornes que je me suis prescrites.

Surtout il ne faudroit pas oublier à
marquer en peu de mots les deux ca-
ractères presque opposés de la philosophie, et de celle de Platon son maître.
On peut dire avec Origène en quelque
endroit, que la philosophie d'Aristote
est la plus humaine de toutes; avec la

plupart des pères en mille autres lieux, que celle de Platon est la plus divine. Les opinions d'Aristote sur le souverain bien, sur les mœurs, sur les passions, les vices et les vertus, aussi-bien que sur la politique, sont très-propres à la vie civile, dignes presque partout du précepteur d'un grand roi. La solidité de ses raisonnemens en physique, sa coutume de déférer peu à l'autorité des anciens sans preuve, sa maxime générale de ne rien poser que ce qu'on voit arriver en effet, ou en toutes choses, ou en quelques-unes, par laquelle il s'est trompé, en concluant que rien ne se pouvoit faire de rien, que rien qui eût eu commencement ne pouvoit être éternel, sont tout-à-fait du bon sens humain : excellentes quand il s'agit de l'ordre commun de la nature, et de ce qui est, non de ce que Dieu peut. Platon, au contraire, d'un vol plus élevé, se perd et s'égare quelquefois dans la nue ; mais pénètre quelquefois aussi jusque dans le ciel, tantôt redressé, tantôt corrompu par la tradition des prêtres d'Egypte, dont les fables retenoient encore quelques restes des vérités du peuple de Dieu. Son grand fondement dans la morale, qu'il n'y a nul autre mal que le vice, nul autre bien que la vertu ; qu'il vaut beaucoup mieux souffrir l'injustice que de la faire, est d'un esprit héroïque, et de l'évangile plutôt que du monde. Les pères ont trouvé dans ses écrits la plupart de leurs dogmes chrétiens ; l'immortalité de l'âme ; trois états après la mort ; une espèce de Trinité que les Juifs mêmes ont apparemment ignorée en la nature divine ; pour le moins un Dieu le Père, et un Dieu le Fils qu'il appelle l'entendement, la raison et la sagesse du Père. Que dirai-je encore ? il semble quelquefois poussé d'un esprit prophétique.

comme en ce bel endroit que les plus
savans des pères n'ont pas oublié, où
faisant le portrait et donnant l'idée *du
Juste*, qui est le même nom que l'écriture donne à Notre Seigneur, il prédit
qu'il tâchera de réformer le monde :
que sa doctrine sera rejetée ; qu'il sera
maltraité, persécuté, tourmenté, fouet-
té, crucifié. Admirons cependant le mé-
lange des choses humaines; ce bon ami
des chrétiens leur a fait plus de bien
peut-être, mais aussi plus de mal sans
doute, qu'Aristote leur ennemi. Près de
deux cents ans durant, l'église n'a presque point combattu d'hérésie, qui n'eût
puisé quelque chose dans les spécula-
tions subtiles, dans les nombres pytha-
goriques, dans les figures et les termes
géométriques dont ce philosophe est
rempli ; d'où vient que Tertullien crie
si souvent contre les philosophes, et les
nomme tantôt les patriarches des héré-

tiques, tantôt les cuisiniers de toutes les
hérésies ; ou pour le traduire autrement,
ceux dont on se sert pour les assaison-
ner, et pour les confire.

Je crains maintenant de tomber dans
une excessive longueur, si j'entreprends
de parler du grand Hippocrate ; car il a
de tout temps porté ce nom, aussi-bien
qu'Alexandre. Je n'en dirai pourtant
qu'autant qu'il faut, pour faire connoître la richesse et l'abondance de cette
matière , si elle étoit traitée avec plus
de force et plus de soin. Nous n'avons
dans les sciences nul auteur aussi ancien,
ni qui ait conservé une aussi longue et
aussi constante autorité que celui-ci ;
imité et copié par Platon et par Aristote ; suivi et cité avec éloge par les lois
romaines ; presque déifié par Cicéron,
qui l'égale à Esculape ; familier aux plus
savans pères de l'église ; commenté par
les plus grands médecins de tous les siè-

cles, et de toutes les nations; et parmi
le renversement de tant de monarchies
et de républiques, retenant toujours
par toute la terre, nonobstant les petites factions contraires, le principal empire de son art. Ses écrits ont été regar-
dés dans tous les temps comme autant
d'oracles. Son petit livre d'Aphorismes,
si familier et si simple en apparence,
passe néanmoins, a-t-on dit, la portée
de l'esprit humain. C'est par-là qu'il faut
commencer l'étude de la médecine;
c'est par-là qu'il la faut achever. Ne
pensez pas toutefois qu'il ait acquis cet
empire, et cette autorité par son orgueil, et par la magnificence de ses
promesses, ni qu'il ait fait espérer aux
hommes l'art de se rajeunir, le remède
universel des chimistes; les secrets et
les guérisons miraculeuses de Vanel-
mond; la santé constante et la longue
vie de Louis Cornaro, par un régime

très-simple et très-aisé ; la facilité enfin
de ces anciens médecins, qui, sous le
nom de méthodiques, faisoient consister toute la science en deux ou trois
principes communs. Quant à lui, il n'a
pas une si grande opinion de ses forces ;
tous ces beaux songes sont détruits par
ses principes, et combattus par ses
écrits. Le peut-être, et la modestie d'a-
ristote ne lui manquent pas. Si vous l'en
croyez, vous n'assurerez jamais l'effet
d'un remède. Il prend pour un excellent
médecin celui qui ne fait que de petites
fautes, jugeant impossible de n'en point
faire du tout. L'art est long (vous dit-il
en cette belle et noble entrée de ses
Aphorismes, comme s'il avoit dessein
de vous rebuter, plutôt que de vous engager, contre la coutume de toutes les
préfaces et de tous les exordes) ; l'art
est long, la vie courte, l'occasion sou-
daine, l'expérience dangereuse, le juge

ment difficile. Il ne suffit pas de faire son
devoir ; il faut être aidé par le malade,
par ceux qui le servent, et par les choses extérieures. Il se plaint ailleurs que
le médecin est malheureux, non-seulement de n'avoir que des objets désa-
gréables, et d'être incessamment afligé
des **maux** d'autrui ; mais aussi de ce
qu'en son art, les petites choses mêmes
sont quelquefois plus difficiles à savoir
que les grandes. Il passe plus avant : il
semble nous protester quelquefois que
son art s'apprend, mais qu'il ne s'ensei-
gne pas ; et qu'en vain il nous donne ses
instructions, si nous n'en trouvons ailleurs davantage. Et comme l'écriture
sainte, en quelques endroits, assemble
des propositions contraires, qui néanmoins ont chacune un grand sens : *répons*
au fol suivant sa folie : Ne répons point
au fol suivant sa folie ; de même cet
excellent auteur, après avoir dit en

D 6

quelques endroits : le remède dans l'a-
liment est très-bon ; le remède dans
l'aliment est mauvais, très-bon et très-
mauvais à divers égards, ajoute je ne sais
combien de contradictions apparentes,
où il sous-entend la même explication,
et en tire cette conséquence : *la nature
des choses ne se peut enseigner.*

Il est impossible, dit-il en un autre
endroit ; il est impossible d'apprendre
promptement la médecine, parce qu'il
est impossible d'y rien établir de ferme
et d'inébranlable. Puis assemblant encore d'autres contradictions apparentes, il ajoute que les autres arts ont leurs
règles toujours certaines ; que la pein-
ture se sert toujours des mêmes maniè-
res et des mêmes couleurs ; mais que la
médecine s'accommodant au temps,
aux occasions, aux sujets, ne fait presque jamais les mêmes choses, en fait
très-souvent de contraires, guérit quel-

quefois le vomissement par le vomissement ; la fièvre, la toux, et d'autres
maux par les mêmes choses qui les pourroient donner : faisant enfin assez comprendre par son discours beaucoup plus
étendu, qu'en cette variété presque infinie de l'art, tout est vrai, tout est faux,
mais en divers sens, dont le choix tombe plutôt sous un jugement exquis et
profond, et sous une expérience con-
sommée, que sous aucun précepte bien
net et bien formel. S'il y a quelque chose qui éclate presque en toutes les lignes
de ses écrits ; c'est qu'un véritable médecin, quoiqu'il fasse profession d'ajouter à la nature ce qui lui manque, et de
lui ôter ce qu'elle a de trop (car toute
la médecine, dit-il, comme s'il parloit
de l'arithmétique, n'est qu'addition et
soustraction), se souvient néanmoins
toujours qu'elle peut faire beaucoup de
choses sans lui ; mais qu'il ne peut rien

sans elle, et ne la redresse, ni ne la gouverne qu'en la prenant elle-même pour
règle et pour loi. Avez-vous de la santé
et de la vigueur? ne distinguez point
un aliment d'un autre. Cherchez-vous
quelle en doit être la quantité? ce n'est
point la balance de Cornaro, c'est votre
propre sentiment qui vous l'apprendra.
En ces régimes exacts, soit dans la santé, soit dans la maladie, les moindres
fautes sont mortelles, et il n'est pas permis à l'homme de ne point faillir. Êtes-
vous en peine durant la maladie de ce
qui se passe au dedans? observez toutes les ouvertures que la nature vous
fait elle-même, et qu'on appelle proprement indications : entretenez-les plutôt que de les empêcher ; ce seroit repousser non l'ennemi même, mais les
déserteurs du camp ennemi, qui viennent vous en dire des nouvelles. Faut-il
la décharger des humeurs qui l'impor-

tument? attendez qu'elle ait commencé à les y préparer elle-même. Demandez-vous quel cours il leur faut donner? étudiez leur pente, et donnez-leur ce qu'elles semblent chercher. Joignez-vous à la nature, quand elle est encore forte dans le commencement du mal; ne la chargez point d'alimens à digérer, quand elle est après à digérer le mal même, et que ces alimens aient toujours une juste proportion d'un côté avec ses forces, de l'autre avec son besoin : ne la troublez point dans la crise; c'est assez la secourir, que de ne la point interrompre. Cédez quelquefois à l'orage et à la tempête du mal, pour le surmonter ensuite; mais surtout ne prenez jamais de résolution, sans appeler au conseil le tempérament du malade, sa vie passée, son sexe, son âge, son état, celui de la maladie en son commencement, et son progrès, en sa force , en son déclin ; sa qualité ordinaire ; ses révolutions naturelles , le lieu , le temps , la saison , les astres mêmes.

C'est là en général , autant que je l'ai pu concevoir , l'esprit d'Hippocrate , et sa doctrine , bien différente de celle des méthodiques , dont j'ai déjà parlé , qui faisoient gloire aussi de renverser son premier aphorisme , et disoient tout au contraire : *l'art est court , la vie est longue.* Mais quand on les pressoit d'appliquer leur petit nombre de règles à cette quantité innombrable de maux , les distinctions qu'ils étoient contraints de recevoir , montroient assez que leur chemin n'étoit pas le plus court , moins propre sans doute *à abréger l'art, que la vie même.* Deux autres sectes célèbres régnoient en même temps , dont je ne parlerois pas , s'il ne me sembloit qu'Hippocrate même , en ce que nous en avons rapporté , termine leurs différends , qui

consistoient, à vrai dire, principalement en paroles. Mais quand les esprits
des savans sont une fois échauffés, comme dans une ivresse de l'âme, ils voient
double tout ce qu'on peut regarder de
deux côtés. Pour la postérité qui envi-
sage leurs disputes de sens rassis, la question n'est plus que de trouver la question, dont on faisoit autrefois tant de
bruit et de vacarme. Les partisans de
ces deux sectes ordonnoient les mêmes
remèdes aux mêmes maux, étoient d'accord des mêmes règles et de la même
méthode. Les uns seulement pour établir ces remèdes, ces règles, et cette
méthode, donnant tout à l'expérience,
et rien au raisonnement, s'appeloient
empiriques, très-différens néanmoins
de nos empiriques d'aujourd'hui; les autres soutenant que l'expérience ne pouvoit rien sans raisonnement, s'appeloient logiques en grec, ou rationaux

en latin. Ce n'étoient qu'invectives de part et d'autre, chacun regardant peut-être l'excès et l'abus seulement en son ennemi, et de peur de cette extrémité, se jetant lui-même dans l'extrémité contraire. Les uns ne pouvoient souffrir sans doute ces raisonnemens, ou plutôt ces vaines conjectures de l'art, quand il nous répond de ce qui se fait, ou de ce qu'il va faire au dedans de nous, comme s'il y envoyoit non des remèdes, mais des hommes très-intelligens dans ces remèdes, ainsi que le feint plaisamment notre Rabelais, grand médecin lui-même, par une ingénieuse satire contre cette erreur. Les autres étoient persuadés qu'on tue plus facilement par les bonnes maximes mêmes, que sans elles, quand on les applique sans jugement et sans choix. Disons à ces deux sectes, comme on a dit autrefois à celles des philosophes, qu'elles ont fait de

la vérité ce que les bacchantes firent
d'Orphée dans leur fureur, lorsque
l'ayant mis en pièces, chacune s'ima-
ginoit l'avoir tout entier. Qui ne voit
en effet par tout ce que nous avons déjà dit, qu'on ne sauroit, sans détruire
l'art de la médecine, séparer deux choses qui le composent également, et ne
doivent aller qu'ensemble ? L'expérience a sans doute trouvé les règles, mais
non sans le secours du raisonnement ;
car c'est raisonner que de tirer une règle
de plusieurs événemens semblables. Cette longue expérience, et ce raisonnement général des hommes ne sert encore de rien, si vous n'y joignez l'expérience particulière de chaque médecin.
En vain il trouvera, par exemple, dans
ses livres, qu'on doit changer le régime
de vivre au commencement, dans le
progrès, au fort de la maladie, et dans
son déclin, s'il n'a appris ailleurs, et

sur le malade même, à distinguer ces
quatre sortes de temps dans les diverses
sortes de maux. Cette expérience particulière même le trompera encore, s'il
ne raisonne plus sur chaque sujet particulier qu'il a en main, et s'il prétend
traiter Alexandre jeune, en Perse, sous
la canicule, comme il traitoit Philippe
déjà vieux en Macédoine, au cœur de
l'hiver. Ainsi l'expérience est partout
tantôt resserrée dans les règles par les
anciens, tantôt développée, pour ainsi
dire, dans l'esprit du médecin par sa
propre pratique; et le raisonnement va
partout, tantôt montant de l'événement
particulier à la règle générale, tantôt
descendant de la règle générale au sujet
particulier. Si vous prétendez passer
plus avant, et prescrire avec certitude
jusqu'où l'on se peut confier à l'expérience, et jusqu'où à la raison : sachez
qu'il n'est pas donné aux hommes de

marquer si nettement les bornes des choses ; c'est en ce cas proprement que la nature ne se peut enseigner, comme le disoit notre auteur. Elle semble rire de nos efforts, quand nous voulons l'enfermer dans nos maximes, et prendre plaisir à nous échapper toujours de quelque côté. Depuis tant de siècles que le soleil roule sur nos têtes, on n'a pu trouver encore la juste mesure de son cours, toujours constant néanmoins, et toujours invariable ; il faut de temps en temps ôter, ou ajouter quelque chose à notre calcul, qui est, pour le remarquer en passant, la raison que rend Hippocrate, pourquoi on ne peut compter les crises exactement, et par journées entières, parce que ni les années, ni les mois ne se peuvent aussi compter juste par les journées entières.

Mais revenons à notre sujet. Le style de cet excellent auteur est pur, simple,

facile, net, élégant, plein de gravité.
Les difficultés de ses écrits sont dans les
choses plus que dans l'expression. S'il
est obscur en quelques endroits, comme
on ne le peut nier, c'est qu'il le veut
être, pour cacher ses mystères aux profanes, comme il le dit lui-même ; ou
qu'il est forcé de l'être, parce que l'étendue de sa matière fait qu'on ne la peut
toute expliquer, comme il nous l'a déjà
protesté. Sa brièveté naturelle peut tirer
beaucoup de secours et de lumière de
la riche profusion de Galien, aussi éloignée de l'indigence qu'elle s'approche
du luxe et de la superfluité. Cet ancien
avoit peut-être raison, quand il repro-
choit au jeune Cyrus et aux Perses
qu'avec beaucoup d'art et d'industrie
ils rendoient leurs arbres carrés, parce
que la nature les avoit faits ronds, et
qu'ils les auroient arrondis sans doute,
s'ils fussent sortis de la terre carrés.

Mais en matière de science ne trouvons jamais mauvais, quoi qu'on nous en dise, si parmi ceux qui les cultivent, l'un resserre ce que l'autre a étendu, l'autre étend ce qu'on avoit resserré avant lui. Ni l'abrégé, ni la paraphrase d'un bon livre n'est pas un mauvais livre, comme l'a voulu Montagne. Tous les esprits n'ont pas même goût. Un même esprit comprend et retient beaucoup mieux ce qu'il a vu sous deux formes différentes.

On doute justement si tous les écrits qui portent le nom d'Hippocrate, sont en effet de lui; plus justement encore quels sont en particulier ceux qu'on lui a supposés; et ceux-là même sont, comme on le croit, de quelques célèbres médecins de son siècle, ou qui n'en étoient guère éloignés. Dans cette incertitude, la même raison qui fait absoudre plusieurs coupables, plutôt que de condamner un innocent, nous portera bien plutôt vers l'indulgence de ceux qui lui donnent tout, que jusqu'au chagrin de ceux qui ne lui laissent presque rien. Quoi qu'il en soit, en cela du moins aussi-bien qu'en la médecine même, le jugement est difficile : ni les anciens, ni les modernes n'en sont d'accord. Quelque grand homme reçoit d'ordinaire pour légitime le même livre que d'autres ont rejeté. La diversité du style qu'on ne manque presque jamais d'appeler au secours en de pareilles conjectures, est souvent imaginaire, souvent trompeuse, vient souvent de l'âge, ou de la disposition de l'auteur, quelquefois même de sa volonté, comme on le peut assurer, par exemple, de saint Ambroise, sur le témoignage certain de saint Augustin. Reste, ce qui persuade beaucoup de gens, et qui semble le plus fort, la différence de sentimens entre quelques-uns des écrits dont nous parlons.

lons, et les contradictions apparentes
qu'on ne peut imaginer qu'avec peine
en un même esprit. Mais aurions-nous
déjà oublié celles qu'Hippocrate lui-
même, ou un autre, si l'on ne veut pas
que ce soit lui, a pris plaisir d'assembler
quelquefois en une seule page, et qui
sont si fréquentes dans la médecine, si
toutefois il y a science, ni art, lois, ni
préceptes, écrits humains, ni divins,
où l'on n'en pût remarquer de semblables? Une seconde réflexion : une distinction judicieuse, une explication favorable pour le moins accorderont bien
souvent ce qui nous paroissoit si op-
posé. J'en rapporterai seulement deux
exemples, qui, sans nous engager trop
avant dans les profonds et obscurs mystères de l'art, éclairciront, ce me semble, non-seulement ce que j'ai dit, mais
aussi quelques endroits curieux dans
notre auteur. C'étoit une question très-

E

célèbre parmi les anciens, si les liqueurs qu'on buvoit alloient de la bouche au poumon. En cette question, nous dit-on, le quatrième livre des maladies, et le traité du cœur sont contraires. On se trompe, si je ne me trompé moi-même. Au livre des maladies, Hippocrate combat, par plusieurs bonnes et solides raisons, ceux qui faisoient passer le breuvage tout entier par le poumon, comme par une éponge, qui, retenant l'humidité dont il avoit besoin, renvoyât le reste aux autres parties. Au traité du cœur, bien loin de soutenir cette opinion, comme quelques-uns se le sont imaginé; au contraire, la supposant fausse, et que les liqueurs vont de la bouche tout droit à l'estomac, par ce conduit qu'on nomme œsophage, il ajoute seulement que cet autre conduit, qui lui est joint si étroitement, et qui sert à la respiration et à la voix.

n'est point tellement bouché par son
petit couvercle qu'on nomme épiglotte,
qu'il ne se puisse quelquefois écouler
par là comme par une fente, je ne sais
quelles petites gouttes de liqueur, en
forme de rosée, vers la poitrine ; et il
le prouve par une expérience qui se fait
aisément : c'est qu'en faisant boire à un
pourceau, animal sur tous les autres
avide et malpropre, de l'eau teinte et
colorée d'azur ou de minium ; si on l'é-
gorge à l'instant même, on trouvera
que ses poumons en sont marqués. L'erreur ancienne étoit principalement fondée, comme on le voit dans Plutarque,
sur les écrits des poëtes, qui étoient les
plus anciens philosophes des Grecs, et
qui, dans leurs ouvrages lyriques, pour
s'exciter à se réjouir, et à boire, par-
loient d'arroser et d'humecter le poumon : soit seulement par une expression
poétique; soit pour avoir tiré une fausse

E 2

conséquence de la fraîcheur que cette partie, comme toutes les autres, tire d'un breuvage frais et abondant ; soit enfin que sans aller dans cette extrémité, ils donnassent cet effet à ces gouttes et à cette rosée que l'autre, qui est le conduit de la voix, peut dérober et sucer en passant, selon le traité du cœur, dont l'opinion bien différente de l'erreur ancienne, que le livre des maladies combat, a été depuis suivie par Platon, et peut bien, comme a dit Galien, être estimée fausse, mais non pas ridicule, défendue encore aujourd'hui par l'exemple des sirops et des autres liqueurs qui, long-temps tenues dans la bouche et avalées peu à peu, soulagent, comme l'on croit, la plupart des maladies du poumon.

Mais que diront les critiques plus hardis que nous, si dans les ouvrages qu'ils reconnoissent eux-mêmes pour

être d'Hippocrate, et qu'on ne lui a jamais contestés, comme sont le livre des
Prognostics, ou Prénotions, celui des
airs, des eaux et des lieux, celui du haut
mal, ou de la maladie sacrée, il se trouve des sentimens apparemment plus
contraires, qui ne les obligent à rejeter
pourtant aucun de ces ouvrages. En un
endroit il ordonne au médecin, s'il y a
quelque chose de divin dans les maladies, de ne le pas négliger. En deux
autres il soutient, au contraire, que
toutes les maladies sont également divi-
nes, également humaines, toutes venant
de Dieu, mais par des moyens naturels.
Comment l'accorderons-nous avec lui-
même ? Ne sera-ce point peut-être en disant, qu'au premier endroit il parloit de
ce qui pouvoit arriver, mais rarement ;
qu'aux autres il combattoit ce que le
peuple vouloit qui arrivât tous les jours.
Ainsi nous devons nous-mêmes croire

E 3

avec lui, que tout est divin et tout humain dans les maladies, en nous moquant de ceux qui veulent donner au démon tous les bizarres effets des vapeurs des femmes; ou des paysans, quand ils accusent les sorciers de tous les maux inconnus qui arrivent à leurs enfans. Cependant nous ne disputerons pas contre les savans, qu'il n'y eût quelque chose et d'humain, et de divin dans le mal de ce lunatique-possédé dont parle l'évangile, ou dans ces maux corporels dont les apôtres et leurs successeurs, qui étoient venus confondre la raison humaine par quelque chose de plus fort qu'elle, punissoient quelquefois la rébellion des mauvais chrétiens, ce qu'ils appeloient livrer à satan, châtier la chair pour sauver l'esprit : malades souvent eux-mêmes, de peur qu'on n'en fît des dieux, ou qu'ils ne vinssent à se croire plus qu'hommes, mais ayant un égal pouvoir au nom de leur maître, et de guérir les maladies, et de les donner, quoiqu'ils fissent l'un très-souvent, et très-rarement l'autre. Les Grecs, au temps d'Hippocrate, étonnés des effets étranges qui accompagnent d'ordinaire le haut mal, ne l'appeloient pas seulement maladie sacrée, mais se laissoient persuader par des imposteurs, qu'on ne le pouvoit guérir qu'avec des expiations dont ils avoient seuls la connoissance. Il falloit, par les différens symptômes du mal, juger si c'étoit Apollon, ou Hécate, ou Mars, ou les âmes des héros qui l'eussent envoyé, et se servir de divers sacrifices. Les Scythes en même temps avoient une autre maladie sacrée, mais bien différente. Vous auriez vu tel homme naguères vaillant, toujours à cheval, et les armes à la main, abandonnant tous ses exercices, se plaindre qu'enfin il n'étoit plus homme par le courroux

du ciel, et se rangeant entre les femmes,
prendre leurs habits, leurs coutumes,
leur manière de vie, leurs occupations
et leur langage; le peuple, au lieu de
s'en moquer, révérer ceux qui étoient
affligés de ce mal, comme on révéroit
les lieux frappés de la foudre, et chacun
trembler en approchant de ces hommes, c'est ainsi qu'ils les appeloient,
par la crainte d'un pareil châtiment.
Aux Grecs Hippocrate représente non-
seulement avec beaucoup de solidité,
mais aussi avec beaucoup d'éloquence,
l'intérêt et les artifices de ces imposteurs : que s'il falloit estimer divins tous
les maux dont les causes sont admirables
et secrètes, il faudroit mettre aussi en
ce nombre les fièvres ordinaires, les
fièvres soudaines, et ce qui fait qu'un
homme endormi parle, crie, se plaint,
marche, se promène, fait quelquefois
ce qu'il ne sauroit faire éveillé : que ces

fourbes sous une apparence de piété couvrent une impiété extrême : que c'est ne point croire de dieux, ou les croire impuissans, que d'entreprendre, comme ils le font, de faire descendre la lune du ciel, obscurcir le soleil, amener la pluie ou le beau temps, et surmonter un mal divin par des remèdes humains ; il pouvoit dire moins qu'humains, car il ne s'agissoit que d'observations impures ou extravagantes, comme de ne point porter d'habit noir, de ne jamais mettre une main ou un pied sur l'autre....

La suite manque.

FRAGMENT SUR LES PRÉFACES.

CEUX de mes amis qui m'ont quelquefois entendu parler contre les préfaces, s'étonneront peut-être que j'entreprenne pour les ouvrages de feu M. Sarasin, ce que je ne conseillerois presqu'à personne de faire pour les siens propres. Mais qu'ils me permettent d'appliquer à ces sortes de choses, ce qu'un grand homme a dit autrefois des pompes funèbres, et des devoirs de la sépulture, qu'il est honnête d'en prendre beaucoup de soin pour autrui, et de ne s'en mettre nullement en peine pour soi-même. Et certes, s'il n'y a rien de moins glorieux que de rechercher la gloire lors même qu'on la mérite, qui ne voit que de ce grand nombre de préfaces dont nos auteurs ont grossi leurs propres livres, si vous en exceptez quelques-unes où la discrétion et le jugement éclatent partout, et qui sont, ou très-nécessaires, ou très-utiles, toutes les autres, quelque fleuries et quelque pompeuses qu'elles soient, sont plutôt dignes de blâme que de louange ? Car après tout, entretenir d'abord son lecteur de l'excellence de ce qu'on lui donne, des difficultés qu'on a trouvées dans ce travail, des qualités qu'il falloit pour les surmonter ; le prier et le flatter en quelques endroits, le braver et le défier en d'autres ; lui parler tantôt avec soumission, et tantôt avec empire, n'est-ce pas, ou lui vouloir arracher son approbation par force, ou, comme a dit assez plaisamment un espagnol, la lui demander les larmes aux yeux, et découvrir au public une foiblesse d'autant plus grande, que bien loin de s'en défaire, on n'a pu même la dissimuler ? Si nos ouvrages sont bons, assurons-nous sur la foi de tous les siècles, et de tout ce qu'on a jamais fait de raisonnable, que tôt ou tard le monde leur rendra justice, sans que nous ayons la honte de l'en solliciter. S'ils sont mauvais ou fort imparfaits, pensons plutôt à les supprimer qu'à les défendre, à corriger nos fautes qu'à les excuser, et n'attendons point de notre éloquence, ce qu'on n'a dit qu'en riant de celle du fameux Périclès, que quand il avoit été porté par terre à la lutte, il persuadoit aux assistans qu'il n'étoit point tombé, et les contraignoit de croire moins à leurs yeux qu'à ses paroles. Que s'il est d'ailleurs si difficile de se connoître soi-même, combien le sera-t-il davantage de parler de soi-même comme il faut, en quoi lorsqu'on a pensé ce qu'on doit, on ne doit pas toujours dire ce que l'on pense, où la vanité ouverte et déclarée est insupportable, l'excessive humilité toujours suspecte d'une vanité cachée, et la route qu'on peut prendre entre les deux, si étroite et si malaisée à tenir, que je ne sais par quelle raison, ou pour mieux dire, par quelle erreur tant de personnes s'embarquent sans nulle nécessité sur une mer si pleine d'écueils, et fameuse par tant de naufrages ?

Mais nous ne craignons rien de semblable, quand nous travaillons pour un ami qui n'est plus. Il nous sied bien d'exiger avec chaleur une gloire et des louanges qui ne nous regardent pas, d'excuser des fautes que nous n'avons pas faites, de parler pour celui qui ne peut plus se défendre. La passion et l'emportement sont ici de bonne grâce; et quand nous irions un peu au-delà de la vérité, et que d'un grand homme nous en ferions un très-grand, ceux-là même qui condamneront notre jugement, estimeront notre affection, et souhaiteront d'avoir des amis qui nous ressemblent.

FRAGMENT SUR LA POÉSIE.

Entre les raisons qui ont fait attribuer à la poésie je ne sais quelle divinité, j'en vois deux, ce me semble, qui ne sont pas les moins importantes.

La première, que c'est en effet quelque chose de grand et de merveilleux, qu'en un langage aussi contraint que celui-là, on puisse exprimer les pensées les plus subtiles et les plus délicates, les plus hautes et les plus sublimes avec tant de liberté. Quel prodige est celui-ci! Quand nous ne parlons qu'en prose, et que l'on nous abandonne tous les termes et toutes les expressions d'une langue, s'il nous vient quelque pensée qui ne soit pas tout-à-fait commune, encore avons-nous de la peine à la faire entendre, et le plus souvent nos paroles

demeurent beaucoup au-dessous de nos
sentimens. Cependant ces admirables
poëtes, ces hommes qui semblent véritablement inspirés, après s'être imposé
la nécessité de n'employer que certaines
façons de parler, et de mépriser toutes
les autres comme trop vulgaires, d'enfermer toutes leurs paroles dans une cer-
taine mesure toujours semblable à soi-
même, ajoutez-y, si vous voulez, de
finir toujours par des rimes; après, dis-
je, s'être soumis à tant de lois si dures
et si difficiles à observer, malgré tous
ces obstacles, nous font entendre tout
ce qu'il leur plaît d'une manière plus noble et plus aisée, qu'on ne le sauroit faire
dans les discours communs. On croiroit
qu'ils ne pouvoient pas dire autrement
ce qu'ils ont dit, quand même ils l'auroient voulu, tant les expressions en
sont faciles. Ces paroles leur sont tom-
bées de la plume sans dessein; elles ont

pris naturellement chacune leur place.
La lyre d'Amphion ne faisoit pas, ce
semble, de plus grands miracles, quand
les pierres attirées par son harmonie se
venoient ranger d'elles-mêmes l'une sur
l'autre, pour bâtir les fameuses murailles de Thèbes.

Mais en second lieu, la poésie, si je
ne me trompe, est estimée divine, à l'é-
gard de son sujet qu'elle produit d'elle-
même ; au lieu que la prose l'emprunte
d'autrui, et ne fait que l'embellir et
que le polir. Quand nous considérons
une maison de plaisir entre les mains
d'un maître puissant et curieux, et que
nous voyons les montagnes s'aplanir
pour lui plaire, les précipices se com-
bler, les rivières se détourner de leur
chemin, les sources naguères cachées
sous la terre jaillir en l'air, ou se pré-
cipiter en cascades ; nous admirons certes l'industrie des hommes, et ne pou-

vons nous trop étonner, qu'une créature
si foible en apparence soit capable de si
grands desseins. Mais s'il arrivoit par
hasard que dans cette vaste étendue
de l'air, où auparavant rien n'arrêtoit
nos regards, quelqu'un nous fît voir en
un instant un superbe et magnifique
palais, de grandes et spacieuses campagnes, des monts, des forêts, des rivières et des mers, nous nous écrierions
aussitôt que ce n'est pas l'effet d'un pouvoir humain, et qu'il y a là quelque
chose au-delà de notre nature. Or il en
est à peu près de même de la poésie et
de la prose. L'une, comme je l'ai déjà
dit, prend son sujet d'ailleurs, le chan-
geant, et l'embellissant, à la vérité, au-
delà de tout ce qu'on en pouvoit attendre. Mais l'autre ne demandant rien à
personne, et contente de soi-même,
tire toute sa matière de son propre sein,
faisant de rien quelque chose, comme

par une espèce de création qui semble
surpasser la puissance humaine. Ainsi
on peut dire, que deux choses rendent
surtout la poésie admirable : l'invention
d'où elle a pris aussi son nom, et la facilité qui lui est très-nécessaire. Je n'entends pas la facilité de composer, elle
peut quelquefois être heureuse, mais
elle doit être toujours suspecte : j'entends
la facilité que les lecteurs trouvent dans
les compositions déjà faites, qui a été
souvent pour l'auteur une des plus difficiles choses du monde ; de sorte qu'on
la pourroit comparer à ces jardins en
terrasse, dont la dépense est cachée, et
qui, après avoir coûté des millions, semblent n'être que le pur ouvrage du hasard et de la nature. Qui ne sent en soi,
ni les richesses de l'invention, ni cette
heureuse facilité, qu'il ne frappe point
à la porte des muses, car il n'est pas
nécessaire de faire des vers. Qui n'aura

que l'une ou l'autre de ces deux choses, peut devenir un poëte médiocre, je dis même de cette médiocrité qui ne laisse pas de mériter de grandes louanges. Qui les joindra toutes deux ensemble, peut espérer sans doute d'être compté en cet art parmi les premiers.

ÉLÉGIE.

Muses, dont l'amitié fidèle et généreuse
N'abandonna jamais la vertu malheureuse :
Oronte dont le sort faisoit tant d'envieux,
Oronte idolâtré de la foule importune,
Oronte dont le cœur surpassa la fortune,
Oronte le premier entre les généreux,
Oronte, votre Oronte enfin est malheureux.
Parlez en sa faveur, et quand l'injuste Envie
Ternit d'un noir venin le lustre de sa vie ;
Quand le lâche intérêt qui s'accommode au temps
Appelle ses vertus des défauts éclatans ;
Quand la foible amitié douteuse et chancelante
N'en parle qu'à l'oreille, et d'une voix tremblante,
Chantez comme autrefois avec la même ardeur
Ce qu'il aura toujours de constante grandeur :
Opposez vos concerts au vain bruit de l'orage,
Et d'un Roi magnanime appaisez le courage.

Celui dont vous plaignez le sort infortuné,
Vous l'avez vu cent fois d'honneurs environné,
Qui vous tendoit la main, et prévenant vos plaintes,
Soulageoit les douleurs dont vous étiez atteintes.
D'un cœur né pour la gloire, et pour les beaux desseins,
Il chercha le mérite entre tous les humains.
Quel art un peu fameux, quel nom un peu sublime
N'a reçu quelquefois des fruits de son estime ?

Que n'a point embrassé sa générosité ?
Esprit, savoir, valeur, sagesse, ou piété ?
Et qu'a-t-on vu de grand, et de noble, et d'aimable,
Qui n'ait trouvé sans cesse Oronte favorable ?
Jamais les malheureux implorans son secours
Ne furent rebutés d'un insolent discours :
Ami de la raison, et touché de ses charmes,
Il ne la vit jamais, qu'il ne rendît les armes.
Jamais il ne quitta la douce humanité,
La modeste pudeur, et la sage équité.

Mais les discours du peuple, et le bruit de la France,
Admirant son malheur condamnent sa prudence !
Esprits nés de la terre, à la terre attachés,
Qui ne connoissez rien que ce que vous touchez :
Je vous vois sans dépit, ainsi que sans envie,
Suivre les sentimens qui règlent votre vie.
Suivez-les, Dieu le veut ; et c'est votre repos ;
Mais ce n'est point à vous à juger des héros.
Vous les connoissez mal, et votre âme flottante
En croit aveuglément une aveugle inconstante.

Quand un de ces héros vient la terre honorer,
Je ne sais quoi de grand prend soin de l'inspirer ;
Je ne sais quoi l'élève au-dessus de lui-même :
Une chaîne fatale, une force suprême,
Un charme tout puissant, un généreux poison
Le force à mépriser la vulgaire raison ;
Et dédaignant d'aller par la route commune,
Il hasarde cent fois César et sa fortune.
Puis quand un beau succès couronne ses desseins,
Il est l'étonnement et l'amour des humains.

La gloire de ses jours, l'honneur de sa patrie,
Et des siècles suivans la juste idolâtrie.

Par ce chemin si noble, et si peu fréquenté,
Oronte n'aspiroit qu'à l'immortalité.
Le Destin l'avoit mis au milieu des richesses ;
Mais jamais de son cœur il ne les fit maîtresses.
Il n'imita jamais ces avares mortels
A qui votre prudence élève des autels.
Ces âmes du commun, ou basses, ou prudentes,
Pareilles aux Fourmis grosses, noires, rampantes,
Que le peuple Indien admire sur ses bords,
Entassant et gardant les précieux trésors,
Sans avoir d'autre objet, ô fureur sans seconde !
Que de les dérober à l'usage du monde.

D'un esprit élevé négligeant l'avenir,
Il toucha les trésors, mais sans les retenir ;
Il en fut le canal ; c'est tout ce qu'on peut dire,
Pour les rendre à l'instant à tout ce vaste Empire :
Pensant à soutenir l'indigente vertu,
A relever partout le mérite abattu ;
A l'éclat des beaux arts, à l'honneur de la France,
Il ne se réserva que la seule espérance ;
Espérance fondée en son cœur, en sa foi,
En son rare génie, aux bontés de son Roi.

Mais son Roi ne le voit que d'un œil de colère !
Je me tais, et je sais que je n'ai qu'à me taire.
Le Ciel qui fait les Rois leur montre leur devoir,
Leur donne sa lumière, ainsi que son pouvoir.

Sage Roi, juste Roi, grand Roi, Roi véritable,
S'il a pu vous déplaire, Oronte est trop coupable.

Mais si dans son erreur, flatté de vos bontés,
Il couroit à sa perte, à pas précipités ;
S'il n'a pu soupçonner votre juste colère ;
S'il brûloit dans le cœur du désir de vous plaire ;
Si ce cœur noble et franc, d'un zèle abandonné,
Tenant tout de vos mains, pour vous eût tout donné ;
Si de ce zèle ardent il vous servit sans cesse :
Pardonnez au pouvoir de l'humaine foiblesse
Qui mêle nos défauts à nos perfections,
Et la sagesse même aux folles passions.

Le Roi de tous les Rois, tout-puissant et tout sage,
De qui votre grandeur est la vivante image,
De son trône élevé regardant les humains,
Ne voit rien que d'impur aux œuvres de leurs mains.
Tout lui semble pervers, et digne de l'abîme,
Et ses yeux pénétrans ne trouvent rien sans crime.
Cent fois dans sa fureur, lâchant le frein des eaux,
Il nous inonderoit de déluges nouveaux,
Si son arc dans le Ciel, constant et variable,
Ne lui représentoit sa promesse immuable.
Cent fois il hâteroit, hélas ! trop justement,
Le redoutable jour du grand embrasement,
S'il pouvoit révoquer comme des lois humaines
Ses décrets solennels, et ses lois souveraines ;
Par qui devant les temps, devant terres ni mers,
Il régloit le destin du changean' Univers.
Cent fois las de souffrir cette race exécrable,
Il résout de punir au moins quelque coupable ;
Il va le perdre enfin ce pécheur obstiné.
Il l'a dit ; il le veut ; l'arrêt en est donné.

La foudre est en sa main déjà toute allumée.
De sa bouche ne sort que flamme et que fumée.
Mais alors ce pécheur, d'un cœur humilié,
Se souvient, ah! trop tard, qu'il l'avoit oublié.
Il s'accuse, il se hait; et sa propre justice
Le condamne lui-même au plus cruel supplice.
Ce n'est pas ce qu'il craint, dans son triste malheur;
Son crime, et non sa peine, est toute sa douleur.

Non, il n'est point trop tard : attends, pécheur, espère;
Ce Dieu dans sa fureur se souvient qu'il est père.
Sa fureur disparoît; tes pleurs l'ont désarmé.
Tes fautes l'irritoient; mais tu l'as réclamé.
Apprends à l'avenir à craindre sa puissance.
Admire ses bontés : adore sa clémence
Qui te rend, tant son cœur est pitoyable et doux,
Pour des siècles d'offense un instant de courroux.
Imitez son exemple, ô Prince magnanime,
Ici le repentir est plus grand que le crime.
Oronte dans les fers, privé de tout appui,
Consumé de douleurs, prêt à mourir d'ennui,
Ne regretta jamais ces espérances vaines
Qui firent si long-temps ses plaisirs et ses peines.
Il ne regrette point les trésors décevans;
L'encens empoisonné des lâches courtisans;
Ni la sage Daphné qu'il rend si misérable,
De ses jours plus sereins compagne inséparable;
Ni leurs tendres enfans, de tous abandonnés,
O trop heureux enfans, ou trop infortunés!
Ni ses ingrats amis, ni sa gloire passée.
Son Roi seul irrité revient en sa pensée.

C'est tout ce qui l'afflige ; il ne pense qu'en vous,
Et voudroit bien mourir, mais sans votre courroux.
Gardez-le ce courroux, mais pour d'autres victimes,
Mais pour des ennemis, plus grands, plus légitimes ;
S'il vous faut quelque jour, au gré de vos souhaits,
Après les fruits entiers d'une plus longue paix,
En faveur de l'Hymen pardonnant à l'Espagne,
Ainsi qu'un fier torrent inonder l'Allemagne ;
Puis parmi les fureurs des belliqueux hasards,
Jusqu'au trône Ottoman poussant vos étendards,
Renverser à vos pieds quiconque a l'insolence
D'opposer à vos coups sa vaine résistance,
Rompre les escadrons, percer de rang en rang
Suivi de larges flots de l'infidèle sang.
Tel qu'un jeune lion dans les plaines humides
Sort, le cœur affamé de nobles homicides,
Et suivant sa fureur entasse par monceaux,
Malgré leurs vains efforts, chiens, pasteurs, et taureaux,
Jusqu'à ce que ses yeux, certains de sa victoire,
Ne découvrent plus rien qui ne marque sa gloire.
    Libre de passions, et libre d'intérêts,
Je ne suis qu'à demi du rang de vos sujets.
Mais depuis deux hivers admirant votre vie,
Mon cœur se sent touché d'une plus noble envie.
Si je puis quelque jour, d'un vol audacieux,
M'élever de la terre, et m'approcher des Cieux ;
Si je puis quelque jour, charmé de vos merveilles,
Montrant à l'Univers, après de longues veilles,
Ce que peut un esprit nourri dans les beaux arts,
Égaler votre histoire à celle des Césars :

F

Ne me dérobez point ce beau trait de clémence ;
Je l'attends, et mes vœux sont les vœux de la France.
Mais quand ces vœux secrets n'osent se hasarder,
C'est ce que votre gloire ose vous demander ;
C'est ce que vous demande une troupe affligée
Qui ne mérite pas de se voir négligée,
Les Lettres et les Arts, la douce Humanité,
La modeste Pudeur, et la sage Équité.

Mais vous dont l'amitié fidèle et généreuse,
N'abandonna jamais la vertu malheureuse,
Muses, si de tout temps vous fûtes mon amour,
Si pour vous mieux connoître, inconnu de la Cour.
Suivant les sages lois de la sainte nature,
Je choisis une vie aussi douce qu'obscure :
Soit que nous habitions les climats tempérés,
Que le paisible Arar fend à pas mesurés,
Ou les climats plus froids, et plus voisins de l'Ourse,
Qui du rapide Rhin bornent la longue course,
Chantons incessamment : Oronte est malheureux.
Mais il fut le premier entre les généreux.
D'un cœur né pour la gloire, et d'un esprit sublime
Il chercha des humains et l'amour et l'estime.
Il fit de ce trésor son plus riche butin.
Il s'éleva lui-même au-dessus du destin.
Son nom environné d'un beau rayon de gloire
Conservera sa place au temple de Mémoire.

ÉLÉGIE,

PAR LA FONTAINE.

Remplissez l'air de cris en vos grottes profondes,
Pleurez , Nymphes de Vaux , faites croître vos ondes ,
Et que l'Anqueuil * enflé ravage les trésors
Dont les regards de Flore ont embelli ses bords.
On ne blâmera pas vos larmes innocentes :
Vous pouvez donner cours à vos douleurs pressantes ;
Chacun attend de vous ce devoir généreux ;
Les Destins sont contens, Oronte est malheureux.
Vous l'avez vu naguère au bord de vos fontaines ,
Qui, sans craindre du Sort les faveurs incertaines,
Plein d'éclat , plein de gloire , adoré des mortels,
Recevoit des honneurs qu'on ne doit qu'aux Autels.
Hélas qu'il est déchu de ce bonheur suprême !
Que vous le trouveriez différent de lui-même !
Pour lui les plus beaux jours sont des secondes nuits.
Les soucis dévorans, les regrets, les ennuis,
Hôtes infortunés de sa triste demeure,
En des gouffres de maux le plongent à toute heure.
Voilà le précipice où l'ont enfin jeté
Les attraits enchanteurs de la prospérité.
Dans les palais des Rois cette plainte est commune ,
On n'y connoît que trop les jeux de la Fortune,

* L'Anqueuil , petite rivière qui passe à Vaux.

F 2

Ses trompeuses faveurs, ses appas inconstans :
Mais on ne le connoît que quand il n'est plus temps.
Lorsque sur cette mer on vogue à pleines voiles,
Qu'on croit avoir pour soi les vents et les étoiles,
Il est bien mal aisé de régler ses désirs ;
Le plus sage s'endort sur la foi des zéphirs.
Jamais un Favori ne borne sa carrière ;
Il ne regarde pas ce qu'il laisse en arrière ;
Et tout ce vain amour des grandeurs et du bruit,
Ne le sauroit quitter qu'après l'avoir détruit.
Tant d'exemples fameux que l'Histoire en raconte,
Ne suffisoient-ils pas sans la perte d'Oronte ?
Ha si ce faux éclat n'eût pas fait ses plaisirs !
Si le séjour de Vaux eût borné ses désirs !
Qu'il pouvoit doucement laisser couler son âge !
Vous n'avez pas chez vous ce brillant équipage,
Cette foule de gens qui s'en vont chaque jour
Saluer à longs flots le Soleil de la Cour :
Mais la faveur du Ciel vous donne en récompense
Du repos, du loisir, de l'ombre et du silence,
Un tranquille sommeil, d'innocens entretiens,
Et jamais à la Cour on ne trouve ces biens.
Mais quittons ces pensers, Oronte nous appelle.
Vous, dont il a rendu la demeure si belle,
Nymphes, qui lui devez vos plus charmans appas,
Si le long de vos bords Louis porte ses pas,
Tâchez de l'adoucir, fléchissez son courage ;
Il aime ses Sujets, il est juste, il est sage ;
Du titre de clément rendez-le ambitieux :
C'est par-là que les Rois sont semblables aux Dieux.

Du magnanime Henri qu'il contemple la vie;
Dès qu'il pût se venger, il en perdit l'envie.
Inspirez à Louis cette même douceur;
La plus belle victoire est de vaincre son cœur.
Oronte est à présent un objet de clémence :
S'il a cru les conseils d'une aveugle puissance,
Il est assez puni par son sort rigoureux,
Et c'est être innocent que d'être malheureux.

DISCOURS

Au Roi, par un de ses fidèles sujets,
sur le procès de M. Foucquet.

S I R E,

Deux choses bien différentes, mais qui ne sont nullement contraires, m'ont fait prendre la résolution d'adresser directement ce discours à V. M. L'admiration véritable que j'ai pour un Roi le plus grand, le plus magnanime, le plus triomphant, et le plus heureux qui soit au monde, et la juste compassion dont je suis touché pour le plus infortuné de ses sujets. Ce n'est pas la coutume ni le

défaut du siècle, que la disgrâce trouve
trop de défenseurs, et V. M. n'est sans
doute guères importunée de ceux qui
lui parlent aujourd'hui pour M. Foucquet, naguères procureur général, surintendant des finances, ministre d'état,
l'objet de l'admiration et de l'envie,
maintenant à peine estimé digne de pitié. Tout se tait, tout tremble, tout ré-
vère la colère de V. M. Je la révérerois
plus que personne, et quelque obligé
que je fusse de parler, je me tairois
comme tous les autres, si je n'avois à
dire à V. M. des choses essentielles
qu'autre que moi ne lui dira point, et
qui regardent le bien de son service.
Veuille le Maître des cœurs et le Roi
des Rois, que pour en reconnoître la
vérité et l'importance, V. M. les lise
sans dégoût jusqu'à la fin, et que donnant tant de temps aux moindres supplications de ses sujets, elle ne refuse

F 4

pas un peu de véritable attention à une
affaire qui regarde sa gloire; et qui n'est
pas de si petite considération qu'elle
n'attire aujourd'hui les yeux de toute
l'Europe.

Je parlerai, Sire, avec toute la liberté d'un homme qui n'a rien à craindre, ni à espérer, mais avec tout le respect et la soumission d'un sujet fidèle;
et si par malheur, ce que je ne saurois
croire, il m'échappoit le moindre mot
qui semblât s'éloigner tant soit peu de
cette parfaite soumission, et de ce profond respect que je lui garderai toute
ma vie, je le désavoue dès cette heure;
je l'efface avant que de l'avoir écrit,
et supplie très-humblement V. M. de
croire que je puis faillir de la plume, et
de la main, mais jamais du cœur ni de
la pensée.

Mais avant que d'entrer dans les accusations de M. Fouquet, où consiste

la principale et plus considérable partie
de ce que je dois représenter à V. M.,
qu'elle me pardonne, s'il lui plaît, si
je m'arrête, quoiqu'avec peine, sur les
commissaires extraordinaires devant
lesquels on dit que V. M. veut qu'il réponde. Je ne douterai jamais, Sire, de
ce qu'il faut faire quand V. M. veut.
Qu'il me soit seulement permis de douter de ce qu'elle veut, de douter du
moins de ce qu'elle voudra, si avec
cette âme si grande, si royale, si juste,
si équitable, avec ces lumières si claires, si merveilleuses, si étonnantes que
Dieu lui a données, elle prend la peine
de considérer, non-seulement pour cette
occasion, mais pour une infinité d'autres, ce que je vais lui remontrer avec
toute sorte d'humilité sur ce sujet.

Le pouvoir de messieurs les commissaires ne se peut fonder que sur l'édit
et la commission que V. M. a fait regi-

F 5

trer dans les compagnies souveraines pour la chambre de justice. Encore qu'on ait coulé en passant deux ou trois mots généraux, *de toute sorte de personnes, et de quelque condition que ce soit*, il est certain, et il n'y a point d'homme, tant soit peu instruit du droit français ou romain, il n'y a point de consultant désintéressé, qui n'en dise autant à V. M.; il est certain, dis-je, que ces termes généraux ne comprennent en façon du monde les personnes privilégiées telles qu'est M. Foucquet, comme gentilhomme, comme vétéran du parlement de Paris, comme ayant eu l'honneur d'être un des principaux ministres de votre État, comme exempt par ses lettres de surintendance, de rendre raison de son administration qu'à la seule personne de V. M. Quand V. M. veut déroger à un privilége, il faut qu'elle y déroge en termes précis et exprès ; qu'elle parle de ce qui a fondé ce privilége ; qu'elle témoigne vouloir s'en départir, pour de grandes considérations, et à cet égard seulement ; que ce qui détruit soit aussi clair et aussi formel, que ce qui avoit établi ; autrement ces paroles générales ne sont qu'une confirmation simple de la loi générale, qui n'empêche point le privilége de subsister. Le grand conseil s'en est expliqué dans son arrêt d'enregitrement, déclarant qu'il ne regitroit rien contre les privilégiés : les autres compagnies ont cru que cela s'entendroit assez sans le dire, et qu'il ne falloit point aller au-devant du mal par une explication non nécessaire. Si V. M. en pouvoit douter, Sire, elle n'auroit qu'à leur envoyer déclarer, qu'elle entend soumettre par exprès les officiers de leur corps à la chambre de justice. V. M. verroit aussitôt à ses pieds, ces corps

F 6

vénérables la conjurer de ne leur point
ôter par deux ou trois petits mots généraux, ce que la sagesse et la bonté de
tant de Rois ses prédécesseurs leur ont
accordé, par tant de titres si exprès et
si authentiques ; ce qui fait toute la dignité de leur condition, ce qui leur fait
trouver dans l'esprit des peuples cette
considération et ce respect si nécessaires à ceux à qui V. M. confie la garde
des lois, le saint et sacré dépôt de sa
justice.

Donc, Sire, si jusqu'ici reconnois-
sant V. M. toute juste, toute équitable,
toute généreuse, on lui a dit qu'on agissoit, en son nom, contre M. Foucquet
dans toutes les formes les plus juridiques
et les plus solennelles du royaume, en
vertu d'un édit vérifié, et devant les juges naturels, puisque les juges naturels
ont regîtré leur pouvoir; je viens, Sire,
sans doute avec moins d'autorité, et

moins d'adresse , mais avec plus de justice et de vérité ; je viens dire à V. M.
qu'il s'en faut beaucoup ; que les choses
sont très-différentes ; qu'à l'égard de
M. Foucquet, il n'y a rien de regitré ni de
vérifié, et qu'il n'y a qu'une commission
purement extraordinaire.

Mais qu'importe , dira-t-on, si même
pour les personnes privilégiées, il y a
déjà des exemples de pareilles commissions. C'est quelque chose sans doute,
Sire, que ces exemples; mais je l'ose-
rai dire, ce n'est point assez pour un
Roi tout grand, tout héroïque, tel que
V. M., qui n'obéit qu'à Dieu, et à la raison, qui ne regarde désormais ses prédécesseurs que pour les effacer, qui ne
pense pas tant à suivre les exemples du
passé, qu'à faire lui-même des exemples glorieux que la postérité puisse
suivre.

Sire, par l'ordonnance de Blois, par

celles qui ont été faites depuis ; par une
infinité d'autres plus anciennes, renou-
velées de temps en temps, d'âge en âge,
avec un soin extrême jusqu'aux * ca-
pitulaires de Charle le Chauve ; par toutes ces ordonnances, Sire, plus claires,
plus solennelles, plus souvent réitérées,

---

* Le Roi Charle le Chauve en ses capitulai-
res, tit. 1, chap. 3. Le Roi Philippe de Valois
en sa déclaration du 9 juillet 1341. Le Roi
Louis XI en sa déclaration du 21 octobre 146ᵛ.
Le cahier des trois États du royaume, que le Roi
Charle VIII avoit convoqué à Tours l'an 1483,
chap. de la Justice, article commençant, *Sem-
blablement, pour ce qu'il n'est rien*, etc., et
autres suivans. Réponse du Roi à ces articles.
Le même roi Charle VIII en son ordonnance
de l'an 1485, art. *Insuper accusationes sinis-
træ*, etc. Le Roi Charle IX en l'ordonnance
de Moulins, de l'an 1566, article 58. Le Roi
Henri III en l'ordonnance qu'il fit l'an 1579
sur les cahiers des états généraux, qu'il avoit
convoqués à Blois l'an 1576, art. 98 et 99.

qu'en aucune autre matière, les Rois
vos prédécesseurs ont promis solennellement à leurs sujets de n'établir nulle
commission extraordinaire, et de les
laisser juger par leurs juges naturels;
ils ont dérogé par avance à ce qu'ils
pourroient faire au contraire ; ils ont
ordonné aux compagnies souveraines
de n'y avoir aucun égard. Ce sont ces
ordonnances, Sire, dont V. M. a juré
l'exécution le jour de son sacre; ordonnances fondées sur l'esprit général de
la monarchie, sur la forme générale
d'administrer la justice en France, qui
réclame manifestement contre ces sortes de commissions. Il seroit aisé de le
montrer par une infinité de raisons, si
l'on ne craignoit la longueur. Mais en
voici une, Sire, digne qu'un grand prince tel que V. M. la sache et la considère. Il n'appartient qu'à l'autorité
royale seule en France de poursuivre

la punition des crimes. Mais dans cette poursuite, chose étrange et admirable, elle renonce pour un temps, s'il faut ainsi dire, à ce droit si grand, si vaste, si absolu de la royauté. Notre Roi devient notre partie; on commandoit auparavant de sa part, alors on supplie, on requiert; il écrit et produit contre l'accusé, et l'accusé contre lui; écrire contre son Roi légitimement en France, quel prodige! et comment cela est-il possible? Il l'est, Sire, parce qu'en ces rencontres la grandeur de V. M. consiste à s'abaisser jusqu'à ses sujets, à s'égaler en quelque manière à eux, à se dépouiller de tous ses avantages, parce qu'elle ne les poursuit pas comme ennemis, mais comme sujets, mais comme enfans; qu'elle voudroit les pouvoir sauver justement, qu'elle craint scrupuleusement de les perdre. Or, Sire, je ne parle point ici de messieurs de la

chambre de justice en particulier, je
parle de tous les commissaires en général en matière de crimes. Il ne m'arri-
vera point aussi de mettre des bornes à
votre pouvoir, non plus qu'à la puissance divine dont il est l'image. Je n'aurai jamais d'esprit, ni de voix, ni de
sang, ni de vie, que pour soutenir ce
sacré pouvoir qui ne fait pas seulement
la grandeur de V. M., mais aussi la félicité de ses peuples. Mais, Sire, que
V. M. considère, s'il lui plaît, elle-même
quelle différence il y a, quel éloigne-
ment, quel abîme entre cette qualité
glorieuse et volontaire du Roi au sujet,
dans la poursuite des crimes, cette mo-
dération, cette retenue, ce scrupule
que je viens de remarquer, et le choix
des juges par un Roi qui est partie. Et
où est la partie, je ne dis pas toute grande
et toute puissante, je dis quelque foible,
quelque misérable qu'elle soit, qui ne

gagne sa cause, s'il lui est permis d'en faire autant. Et que peut-il y avoir de plus suspect, de plus redoutable à des accusés, que les juges, non pas naturels et ordinaires, mais établis exprès contre eux ; qu'on n'a jamais vu être pour eux ; qui, à regarder les exemples du passé sur lesquels on en fonde l'usage, ont toujours su condamner, et pas une seule fois absoudre.

Que si les exemples peuvent quelque chose sur V. M., qu'elle en reçoive un, mais véritablement fait pour elle : c'est celui de Henri le Grand, de glorieuse mémoire, aïeul de V. M., à qui elle a tant fait d'honneur en témoignant même, dès l'enfance, qu'elle le regardoit comme un des plus dignes modèles de ses grandes actions, et dont on remarque avec éloge, qu'il ne fit jamais faire le procès par commissaires à qui que ce soit, quoiqu'il en eut plusieurs occasions, et quoi-

que cette voie lui eût été souvent pro-
posée.

S'il faut d'ailleurs consulter ces sages
et pieux docteurs, qui ont examiné avec
tant de soin ce qui regarde les conscien-
ces, ils diront à V. M. qu'en laissant
juger les juges ordinaires, un Roi se
décharge de l'événement ; qu'en donnant des juges extraordinaires, quelque
bonne que soit son intention , s'il arrive
qu'on juge mal , on peut douter pour le
moins , s'il n'est point tenu de répondre
à Dieu de leur injustice. Jusque-là ,
Sire , que conformément à la doctrine
des plus excellens théologiens et cano-
nistes, un grand personnage d'entre eux,
qui avoit été député au concile de Tren-
te , et servi fort long-temps en qualité
de confesseur de l'empereur Charles-
Quint , et qui par conséquent ne devoit
pas ignorer l'étendue de la puissance
royale, n'y avoit intérêt de la diminuer,

a tenu que les juges extraordinaires n'é-
tant pas véritables juges, quelque ser-
ment qu'un accusé eût fait devant eux,
il n'étoit pas obligé, en conscience, de
leur dire la vérité.

S'il faut enfin entendre la voix du
peuple, cette voix, Sire, qui est si souvent celle de Dieu; cette voix qui fait,
à vrai dire, la gloire des Rois, qui parle
si magnifiquement aujourd'hui par toute
la terre des vertus de V. M., elle dira à
V. M. que tout ce qui n'est point naturel
et ordinaire, lui est suspect; qu'un innocent même condamné par votre parlement, passe toujours pour coupable;
qu'un coupable même condamné par des
commissaires, laisse toujours au public
et à la postérité quelque soupçon d'innocence; qu'enfin le général du monde
regarde ces deux sortes de juges comme
deux choses tout-à-fait différentes; témoin la réponse de ce bon religieux,

que l'histoire n'a pas trouvé indigne
d'être rapportée, quand le Roi François
Ier. regardant à Marcoussy le tombeau
d'un surintendant, immolé sous un des
Rois précédens aux jalousies de la cour,
et à la passion d'un duc de Bourgogne,
et ce grand prince disant que c'étoit
dommage qu'on eût fait mourir un tel
homme par justice : ce n'est pas par justice, Sire, répondit ingénument le religieux, c'est par commissaires.

Je l'ai déjà dit à V. M., Sire, jusqu'ici,
en tout ce raisonnement, je n'ai parlé
que des commissaires en général. Je
suis persuadé que messieurs de la chambre de justice sont justes, pleins d'honneur, pleins de probité, dignes par leur
rang, par leur dignité, par leur caractère, par leur mérite, par le choix de
V. M. même, de toute sorte de respect ;
mais en descendant du général au particulier, quel moyen, Sire, de dissimu-

ler ce que tout Paris, ce que toute la
France disent tous les jours, et que personne n'a encore peut-être osé dire à V.
M. Je le dirai toutefois hardiment, car
la vérité ne craint rien sous un grand
prince, tel que V. M. : bien que ces juges
soient justes en eux-mêmes, pleins d'honneur, pleins de probité, le malheur de
M. Foucquet veut encore qu'il y en ait
un grand nombre qui, par d'autres considérations, sont légitimement récusables; mais un si grand nombre, Sire,
et pour de telles considérations, qu'il
n'y a point de parlement dans votre
royaume dont on ne pût évoquer un
procès, si on avoit un pareil nombre
d'aussi fortes et légitimes récusations.

Avec quelque soin que V. M. veille
sur son État, les affaires des particuliers, leurs liaisons, leurs intrigues,
leurs démêlés, leurs passions, leurs jalousies, leurs animosités, leurs ven-

geances, ne vont point jusqu'au trône.
Ce sont vapeurs de la terre qui s'arrê-
tent à la moyenne région de l'air, et
n'approchent point du soleil. Que V. M.
ne m'en croie point, mais qu'elle fasse
ce que peut faire un grand prince, et
qui ne règne que par lui-même ; qu'elle
écoute en secret les deux partis (si toutefois il y a quelqu'un encore du parti
des malheureux) ; qu'elle commande
aux uns et aux autres de lui parler franchement ; elle verra que je ne mens
point, et ne lui dis rien par aucun intérêt particulier, qui ne s'accorde avec
sa gloire.

Lors donc, Sire, que tant d'ordonnances confirmées par les sermens des
Rois vos prédécesseurs, et par celui de
V. M. même ; que l'esprit de nos lois
et de la justice française ; que l'exemple
du grand Henri votre aïeul ; que les
avis des personnes doctes, saintes et

pieuses ; que la voix du peuple ; que tant
de raisons particulières qu'on n'expli-
que point par respect à V. M., lui per-
suadent de renvoyer M. Foucquet à ses
juges naturels ; lorsque V. M., après tant
de prospérités et tant de triomphes cou-
ronnant ses victoires d'une sagesse pro-
fonde, d'une fermeté, et d'une magna-
nimité incroyable, ne règne pas moins
absolument dans les compagnies souveraines, que dans le Louvre ; quelle nécessité trouvera-t-elle de se détourner
du chemin le plus battu, le plus fréquenté de la justice, de quitter les grandes et belles voies royales, pour en
prendre d'autres ? Pourquoi voudra-
t-elle, ou donner à un coupable le moyen
de se faire croire plus innocent qu'il
n'est en effet, ou ôter, sans y penser, à
un innocent quelqu'un des moyens de
justifier son innocence ? Pourquoi vou-
dra-t-elle du moins laisser à la médisan-

ce et à l'envie, pour qui il n'y a rien de
sacré, un prétexte de murmurer en secret, si elle ne l'ose en public, contre
la plus belle et plus florissante réputation du monde, qui est celle de Votre
Majesté.

Mais, Sire, quelque résolution qu'il
plaise à Dieu inspirer à V. M. sur ce
sujet; ce que je ne puis m'empêcher
d'espérer, c'est que si V. M. ne renvoie
point M. Foucquet à ses juges naturels,
si elle n'accorde point ce que la sage et
vertueuse mère, ce que la famille déso-
lée de cet infortuné lui ont déjà deman-
dé avec tant de larmes, qui est de ne lui
point donner d'autres juges que V. M.
même, suivant les clauses expresses *

---

* *Provisions du* 21 *de février* 1653. Vous
avons constitué, ordonné, et établi par ces
présentes, etc., seul surintendant de nos finances, pour désormais les administrer avec un
plein et entier pouvoir, et ainsi qu'en votre

G

de ses lettres de surintendant, qui l'affranchissent de toute autre juridiction; s'il faut que le premier et le plus malheureux des surintendans subisse effectivement le jugement d'une chambre de justice comme un simple et misérable homme d'affaires, au moins V. M. lui réservera-t-elle en sa personne une justice supérieure à la chambre de justice, une justice où V. M. n'appellera point seulement sa sévérité, mais aussi sa bonté, sa clémence, et son cœur vraiment royal, pour y venir donner leur suffrage.

conscience le jugerez nécessaire pour notre service, et jouir de cette charge aux honneurs, etc., sans que de cette administration vous soyez tenu de rendre raison en notre chambre des comptes, ni ailleurs qu'à notre personne, dont nous vous avons, de notre grâce spéciale, pleine puissance et autorité royale, relevé et dispensé relevons et dispensons par ces présentes.

C'est, Sire, devant ce tribunal supérieur, car aussi à vrai dire M. Foucquet n'en peut reconnoître d'autre sans
se faire tort; c'est, dis-je, devant ce tribunal supérieur que je vais désormais
plaider sa cause.

Que V. M. le souffre, et qu'elle m'é-
coute, s'il lui plait, non pas avec l'esprit
d'un maitre irrité, mais avec celui d'un
juge équitable, d'un Roi bon et généreux, qui ne condamne jamais qu'à regret, et qui cherche toute sorte de
moyens pour absoudre.

J'ai même en cela un extrême désavantage, qu'il me faut combattre dans
l'esprit de V. M. des crimes, dont on ne
parle qu'à elle, et dont le peuple n'a
point été informé que par des bruits
vagues, confus et incertains. Un sage
de l'antiquité, Sire, a dit autrefois, que
le plus sage de tous les hommes passe-
roit pour fou, si l'on voyoit toutes ses

G 2

pensées. Quel est donc le malheur d'un
homme qui écrivoit tout ce qu'il pensoit, et beaucoup plus qu'il ne pensoit,
et presque tout ce qu'on pouvoit penser
sur toute sorte d'affaires, et dont on a
recherché avec tant de soin jusqu'aux
moindres billets? Il n'est pas seulement
vraisemblable, il est même nécessaire
et inévitable, que dans cette multitude
et cette confusion de papiers, de projets
obscurs, imparfaits, mal entendus, peu
favorablement expliqués, on se soit for-
gé d'abord mille fantômes, il est presqu'impossible que cela soit arrivé autrement. Mais, Sire, quelques-uns de ces
fantômes ont déjà disparu d'eux-mêmes,
dissipés par le temps et par la vérité;
les autres, s'ils ont trouvé place dans
l'esprit des inférieurs, soit que l'erreur
ou la calomnie les ait formés et gros-
sis, ne résisteront point aux vives et
célestes lumières de V. M. Je ne les com-

battrai point sans les connoître; mais jugeant par ce qui me paroît seulement, je défendrai M. Foucquet de deux accusations principales : la mauvaise administration des finances, qu'on veut qu'il ait appliqué à son profit particulier; la mauvaise et excessive ambition, qu'on a représentée à V. M. comme suspecte et criminelle.

Quant à la mauvaise administration des finances, on n'en sauroit juger que par deux moyens : l'un général, par les biens qu'il a acquis; l'autre particulier, en examinant le détail de cette administration. Pour le premier, Sire, comme ces apparences sont souvent trompeuses, surtout quand on juge des biens d'un homme qui a tout ensemble beaucoup d'esprit et beaucoup de cœur, je ne crains pas de dire à V. M. qu'il n'y a point d'homme dans son royaume assez hardi, pour se charger en même temps des biens et des dettes de M. Foucquet; et au lieu de ces millions de réserve entassés les uns sur les autres qu'on a d'abord figurés à V. M., il me semble que je vois ce Romain, qui après avoir bâti une trop belle maison, qu'il fit néanmoins sagement abattre en un jour, pour appaiser l'envie, fut trouvé si pauvre, qu'il ne laissa pas de quoi se faire enterrer, et qu'il fallut que le public fît lui-même les frais de ses funérailles.

Que si l'on prétend que par ses excessives dépenses il a non-seulement fait ces grandes dettes, mais encore beaucoup consommé des finances de V. M.: je ne dirai rien encore ici de ses dépenses, en ce qu'on les lui reproche comme des marques d'ambition, puisque j'ai réservé ce sujet pour un autre article; mais sans pompe, sans artifice, sans éloquence, je supplierai très-hum-

blement V. M. de considérer combien
il avoit de moyens légitimes d'y fournir.
Outre ce qu'il pouvoit avoir de son
chef, il avoit plus douze cent mille
livres de bien de sa femme, que son crédit et sa place rendoient encore de plus
grand revenu, ses revenus ordinaires
de la charge de surintendant, les grâces
extraordinaires qu'il recevoit de V. M.
par les mains de son premier ministre,
et enfin, ce qui n'a point de bornes ni de
mesures, le fruit de plusieurs millions
que par nécessité il avançoit incessamment à V. M. sur son crédit, dont feu
M. le Cardinal, et dont V. M. même depuis qu'elle gouverne avec tant de soin
et tant d'application les affaires de son
royaume, a toujours trouvé bon qu'il tirât les mêmes intérêts qu'eût pu faire un
autre particulier. Que si non-seulement
en ce temps, mais de tout temps, en prenant de l'argent à cinq pour cent, en le

prêtant aux Rois prédécesseurs de V. M.
à dix, à douze, à quinze pour cent, par
ce seul profit réitéré et accumulé, des
particuliers ont fait des grandes et ma-
gnifiques fortunes, ont bâti de superbes
maisons, ont laissé des successions opu-
lentes, rempli Paris et les provinces de
leurs richesses, laissé bien souvent pour
partage à leurs héritiers, ou à leurs
gendres, les plus grandes charges de la
cour et de la robe, que V. M. juge, s'il
lui plaît, ce que peut faire par ces
mêmes avances un surintendant, à qui
sa charge rend tout facile, dont les
remboursemens sont certains, et qui
est toujours assuré d'un profit sans perte.
Certes, Sire, si V. M. joint toutes ces
choses ensemble, elle ne trouvera point,
que ni les biens de M. Foucquet, ni ses
dépenses, le convainquent d'une mauvaise administration.

Je viens aux moyens particuliers par

lesquels on prétend l'en convaincre, en
examinant (chose pourtant bien difficile, pour ne pas dire impossible) l'emploi qu'il a fait durant tant d'années des
finances de V. M. En quoi, Sire, je dois
faire remarquer à V. M. deux sortes de
temps, l'un dont elle a pris une entière
et parfaite connoissance, depuis le mois
de mars 1661 jusqu'au mois de septembre dernier; l'autre du vivant de feu
M. le cardinal Mazarin, grand homme,
grand ministre, sur qui V. M. s'est long-
temps reposée de cette sorte de soins.
Il seroit difficile de persuader au public
que depuis le mois de mars 1661 jusqu'au mois de septembre, en cinq ou
six mois de temps, M. Fouquet eût fait
ces dissipations et ces pillages dont on
l'accuse, et qu'on met pour fondement
à l'indignation de V. M. Le bon ordre
établi dès lors par V. M. même, un re-
gistre de tous les fonds et de toutes les

dépenses très-exactement tenu par M.
Colbert, nuls payemens que par le commandement exprès de V. M., les moindres grâces refusées par M. Foucquet à ses plus intimes amis hors ce commandement, nul argent donné par lui que sur son compte particulier, nulle dépense bien considérable depuis ce temps-là, de très-grandes dettes contractées alors même, pour payer les dépenses du passé, le désir ardent de plaire en toutes choses à V. M., les espérances conçues de ses bontés, où il avoit mis son cœur et son unique trésor ; toutes ces choses, Sire, sur lesquelles je ne m'étends point, parce que V. M. les sait ou les peut justifier par les papiers de M. Foucquet et de ses commis; toutes ces choses le défendent assez pour ce peu de temps, et parlent hautement de son innocence.

Quant à ce qui s'est passé du vivant de

feu M. le cardinal Mazarin , je ne dirai
point à V. M. qu'il seroit digne de sa bonté et de sa clémence d'excuser, de pardonner, d'oublier de ne point rechercher les fautes d'un temps où sa volonté
étoit moins connue, parce qu'elle ne
l'expliquoit pas elle-même. Je ne dirai
point, qu'après avoir honoré ce grand
homme jusqu'à sa mort de toute l'estime
et de toute l'amitié que méritoient ses
services, rechercher ce qui s'est fait en
ce temps-là sous son ministère, c'est presque appeler sa mémoire en jugement, et
avec d'autant plus de désavantage pour
elle, que si on veut l'accuser, quoiqu'injustement, elle n'a point de voix pour se
défendre. Mais ce que je dirai avec assurance à V. M., c'est que s'il falloit qu'un
surintendant rendit jamais compte exact
et en détail de son administration (ce qui
est néanmoins contre l'ordre, contre l'u-
sage, contre la nature et le privilége de

cette charge , comme je le dirai tantôt
à V. M.), il lui seroit presqu'impossible
de se le rendre à soi-même , surtout
quand l'administration a été longue;
bien plus impossible de le rendre à quelqu'un, non pas même à celui dont il a
reçu les ordres immédiatement ; mais
très-absolument impossible de le rendre
à tout autre. V. M. , éclairée et connois-
sante comme elle l'est, le jugera aisément par cette réflexion très-importan-
te, et que j'abrégerai néanmoins de tout
mon pouvoir.

De la manière , Sire , dont on a vécu
jusqu'ici en France depuis plus d'un siècle , il s'est toujours fait dans les finances, pour le bien même des affaires et de
l'État , une infinité de choses dont on a
caché, dont on a effacé les traces et la mémoire avec soin, au lieu de la conserver.
Il y a véritablement pour une partie des
dépenses quelque moyen de les justifier

par les ordonnances qu'un surintendant
a signées, encore y en a-t-il qui ne
portent point de cause, ou pour affaires
secrètes, dont hors de leur temps il leur
seroit bien difficile de rendre raison.
Mais quant aux réassignations qui se
font sur les billets de l'épargne; billets
venus autrefois de pareilles ordonnances, mais dont la source est éloignée
d'ordinaire de plusieurs années, il a été
toujours presqu'impossible au surintendant même d'y voir bien clair. C'est
aussi de cette sorte de réassignations
que l'on s'est toujours servi quand il a
été besoin pour le bien des affaires,
comme je l'ai dit à V. M., de faire de ces
sortes de choses dont on a cru ne devoir
pas conserver la mémoire ; ce qui est
d'autant plus innocent, Sire, que ces
billets sont des dettes de V. M. reculées
véritablement, et qu'on ne payeroit
peut-être pas sans ces sortes d'occasions,

mais néanmoins dettes. Cependant ces occasions ont été toujours et si nécessaires et si fréquentes, que cela va beaucoup plus loin qu'on ne peut le dire, ni le penser ; que V. M. le considère un peu, s'il lui plaît, en parcourant les articles suivans, que j'ai distingués et marqués exprès par des chiffres.

1. Je mets en fait à V. M., Sire, une chose dont elle peut être aisément informée, qu'il ne s'est presque jamais fait depuis dix ans de traité, de prêt, de bail considérable, où pour faire monter les choses plus haut au profit de V. M., tout habile surintendant n'ait tâché de gagner celui ou ceux qui gouvernoient principalement leur compagnie, et qui la pouvoient porter au point où on le souhaitoit, et cela, Sire, en les intéressant et les indemnisant en leur particulier; et par quelle voie? par une voie qu'il falloit bien se garder de faire paroître.

c'est-à-dire, par la réassignation de quelque billet, ou qui fût à eux, ou qu'ils eussent acheté, et qu'on assignoit sur ce
même fonds qu'ils faisoient augmenter;
mais quand, par exemple, on les a quittés
en leur particulier de cinquante mille livres, pour avoir une augmentation de
cent mille écus, ce n'étoit pas perdre ni
prodiguer cinquante mille livres, c'étoit
en gagner et en ménager deux cent cinquante mille pour V. M.

2. Une infinité de fois la compagnie
entière qui traitoit, demandoit cette
grâce elle-même, au-dessus de la remise
qu'on lui accordoit, souvent pour se
faire une plus grande finance en ce
qu'elle acquéroit, et pour n'être si aisément dépossédée de son traité. Après
les choses conclues, elle augmentoit le
traité, à la charge qu'on lui rendît par
une réassignation de billet ce qu'elle
augmentoit, et ne pouvant faire mieux,

dans la difficulté d'argent causée par les
guerres, et par la révocation des prêts
faits en 1649, on étoit forcé d'avoir
cette indulgence pour les gens d'affaires,
et ne rompre pas sur cela des marchés
d'ailleurs avantageux ; indulgence, Sire,
d'autant moins dangereuse qu'on n'a jamais manqué d'autres voies pour leur
faire rendre et rapporter ce que l'état
des affaires, et la nécessité du temps
avoient contraint de leur accorder au-
delà la raison.

Dans les fermes mêmes, à peine y
en avoit-il une sans quelque indemnité
pour la compagnie entière, c'est-à-dire,
sans quelques droits mal établis, com-
pris néanmoins dans le bail, mais dont
on ne vouloit pas se départir pour
V. M., parce qu'on en espéroit l'établissement. On en déchargeoit donc la
compagnie, comme il étoit juste, mais
c'étoit par un résultat secret demeurant

le plus souvent entre les mains des gens d'affaires mêmes, et d'ordinaire la quittance nécessaire pour cette décharge, afin qu'elle ne parût pas, se faisoit par billets réassignés.

3. Rarement a-t-on fait une affaire extraordinaire sans que pour la conduire heureusement et facilement jusqu'à sa fin, depuis la résolution du conseil jusqu'à l'exécution sur les peuples, depuis la cire jusqu'à l'argent, il n'ait fallu répondre des grâces secrètes de V. M. sur plusieurs sortes de personnes considérables. Ces grâces secrètes se sont toujours faites par billets réassignés : et le refuser, Sire, c'étoit remplir votre État de plaintes, de soulevemens, de désordres, c'étoit être un fort mauvais surintendant.

4. Il ne s'est jamais vu qu'entre les personnes de la cour, de la robe et de l'épée, il n'y en ait eu que V. M. que

S. E. voulût distinguer des autres pour
le bien de l'État par des grâces qui re-
venoient tous les ans, sans que la chose
parût néanmoins, afin d'éviter les conséquences, et l'importunité des autres
qui étoient au même rang, et en la
même prétention; et comment les éviter que par des billets réassignés ?

5. A-t-on jamais fait une vente du
domaine, une taxe sur les acquéreurs,
une augmentation de gages, une création de rentes, où S. E. n'ait jugé à
propos de faire quelque grâce, quelque bon marché, du moins aux personnes de cette sorte ; de leur accorder du
moins quelque augmentation de finance
sur les domaines de leur acquisition, et
cela même pour éviter les conséquences
par billets réassignés, ce qui s'étend
bien plus loin que l'on ne croit, si l'on
n'en a une entière connoissance ? Que
si quelqu'un nourri sans doute à l'obs-

curité et à l'ombre, ou en d'autres sortes
d'affaires, me dit, que c'est là le mal,
et que tout le bien de V. M. se dissipe
et se prodigue donc en ces grâces; il
parle, Sire, je ne crains pas de le dire;
il parle comme un ignorant, et comme
nous parlerions des affaires d'un autre
monde. Il ne sait pas que donner et répandre est, comme a dit un ancien,
l'occupation éternelle des Dieux et des
Rois. Il ne comprend pas de quel profit
sont ces pertes apparentes. Il ne dé-
couvre pas les ressorts de la puissance
royale, qui donne aujourd'hui pour reprendre demain. Il ne voit point que ce
ciel plein d'éclat et de lumière, tire de
la terre même ces mêmes rosées, ces
mêmes pluies dont elle se sent obligée
de le bénir. Mais je reviens à la suite de
mon discours.

6. S. E., dont je ne penserai ni ne dirai
jamais rien qu'avec un extrême respect,

mais qui a plusieurs fois dit en public;
que V. M. ne mettoit pas un surintendant en cette place, afin qu'en la ser-
vant bien il n'y fît point ses propres affaires, n'aura-t-elle jamais trouvé bon,
et fait agréer à V. M. ou agréé elle-même, en vertu du pouvoir que V. M. lui
en donnoit; n'aura-t-elle, dis-je, jamais
trouvé bon que M. Foucquet tirât des
finances pour lui-même quelque grâce
extraordinaire? N'aura-t-elle jamais imité feu M. le cardinal de Richelieu, son
prédécesseur dans le ministère, qui bien
qu'il n'ait point passé pour trop indul-
gent ni pour trop prodigue, envoyoit à
M. de Bullion tous les premiers jours de
l'an, pour ses étr...nes, une permission
secrète de la part du Roi, de prendre
jusqu'à quatre cent mille livres sur les
premières affaires qui se feroient? N'aura-t-elle jamais agréé qu'on fît rien pour
les parens même de M. Foucquet, rien

pour l'honnête fortune de ce grand nombre de personnes qui ont travaillé sous lui dans les finances, qui ont travaillé sous les contrôleurs généraux, sous les intendans des finances, sous les trésoriers même de l'épargne, et tout cela encore, pour éviter mille conséquences, ne se peut être fait le plus souvent que par des billets réassignés?

7. Enfin, Sire, encore qu'ayant toute la vénération que je dois pour Son Éminence, et non-seulement dans la bouche, mais aussi dans le cœur, je ne prenne les grands biens qu'il a laissés que pour des marques certaines de la grande générosité de V. M., qui n'a pas cru pouvoir trop récompenser de si grands services; V. M., généreuse comme elle est, et par conséquent oubliant ses propres bienfaits, se peut-elle bien souvenir des ordres, peut-être même généraux, qu'elle a donnés, et avec toute

sorte de justice, pour l'établissement de
cette haute fortune qu'il n'avoit presque
pas commencée encore, quand il sortit
pour la seconde fois du royaume ? V. M.
n'aura-t-elle point trouvé bon qu'on ait
pris dans les finances, au moins quelque
partie des récompenses légitimes et glorieuses d'un si illustre serviteur, et que
cela se fît aussi sans bruit et sans éclat,
c'est-à-dire, encore par des billets réassignés ? N'y aura-t-il rien eu de cette nature pour les parens même de Son Éminence; rien pour ce grand nombre de
personnes qui ont travaillé et servi sous
elle avec tant d'assiduité et de mérite?

8. Et s'il faut, Sire, que j'ajoute encore une chose très-considérable, V. M.
pensera-t-elle qu'un surintendant ex-
posé, pour ainsi dire, aux embûches
de tout ce qu'il y a de gens à la cour et
à Paris, avec quelque soin qu'il veille
sur les finances, quelque peine qu'il se

donne de calculer et de vérifier les dépenses et les payemens, puisse s'empé-
cher d'être très-souvent surpris en cette
même matière de billets, tantôt par les
personnes de la cour même, qui, ainsi
qu'on l'a reconnu cent fois, lui viennent demander comme des appointe-
mens reculés, ce qui n'est qu'un billet
acheté, tantôt par les trésoriers des
grandes maisons, ceux des guerres,
ceux des bâtimens, ceux de la marine,
et autres, qui trouvent si souvent l'industrie d'en faire autant avec des comptes embrouillés, tantôt par ses propres
commis, plus avides d'ordinaire de bien
que d'honneur, aspirans à faire en peu
de temps une grande fortune, qui s'en-
tendent avec les intéressés, avec les trai-
tans, qui se mécomptent exprès, qui rap-
portent mal ce qu'on leur a commandé
de vérifier à l'épargne ; et si quelqu'un
regarde cette confusion et ces désor-

dres comme de grandes misères, il se
trompe ; ce sont des suites inévitables
de la grandeur de l'État, et sont effets
nécessaires de sa grande félicité. Cependant, Sire, c'est de là que viennent tant
de billets mal réassignés ; c'est de toutes
ces choses ensemble que vient le cours
et le prix ordinaire de ces billets dans
le commerce du monde.

Que si aujourd'hui, Sire, après avoir
bien feuilleté les registres de l'épargne,
dès qu'on aura trouvé des billets anciens
réassignés, qui paroitront billets ache-
tés, et dont M. Foucquet ne sauroit
rendre raison, hors qu'il eût l'esprit et
la mémoire d'un ange, on conclut aussitôt (car c'est de cette sorte de choses
qu'on fait le plus grand bruit parmi ses
ennemis); si on conclut, dis-je, que
c'est autant d'argent dérobé à V. M., et
qu'on lui veuille imputer de cette sorte
tout ce qui aura été donné secrètement

à

à quelques particuliers parmi les gens
d'affaires, pour persuader leurs compa-
gni de faire l'avantage de V. M., toutes
les grâces pareilles, ou les simples augmentations des finances accordées aux
compagnies mêmes; toutes les indemni-
tés des fermes ou la plupart, toutes les
grâces secrètes faites aux personnes considérables et puissantes, pour faciliter
l'exécution des affaires extraordinaires;
toutes celles de cette même nature faites annuellement et ordinairement par
les ordres de V. M. ou de S. E. aux personnes les plus considérables de la cour,
de la robe et de l'épée; toutes celles
qu'on leur a faites par le même ordre en
matière de taxes, de ventes de domaine, constitutions de rentes, augmentation de gages; tout ce que S. E. peut
avoir trouvé bon avec justice, que M.
Foucquet tirât d'extraordinaire et de
grâce des finances pour lui-même, pour

H

ses parens, pour cette grande multitude
de gens qui ont travaillé sous lui dans
les finances mêmes ; tout ce qui par le
commandement particulier ou général
de V. M. dont elle ne peut se souvenir,
aura été fait légitimement pour S. E.,
pour ses parens, pour ceux qui ont dignement servi sous elle ; tout ce que les
surprises des personnes de la cour, des
trésoriers, des gens d'affaires, de ses
propres commis auront pu dérober à
l'exactitude de M. Foucquet, quoiqu'assez grande ; si, dis-je, Sire, V. M. souffre qu'on le charge de toutes ces sortes
de choses, comme autant de crimes :
s'il doit être la victime qui porte toutes
les iniquités du peuple, il faut, certes,
avouer que jamais malheur ne fut com-
parable au sien, que jamais à tant de
gloire et tant de bonheur ne succéda
tant d'infortunes ; et que sera-ce encore.
Sire, s'il est vrai ce qu'on dit, et que je

n'ose assurer toutefois, parce que je ne le sais pas avec certitude, mais qu'on dit pourtant d'une manière à le faire croire, et dont V. M. peut s'éclaircir aisément : on dit, Sire, que la plupart de ces choses ayant été faites sur les ordres verbaux de S. E., dont il ne reste point de preuves, et quelques autres sur des ordres portés par ses lettres durant ses voyages, ou par des apostilles aux lettres que M. Foucquet lui écrivoit avec une fort grande marge, encore qu'il gardât avec soin toutes ces lettres en plusieurs liasses par mois et par années ; encore que plusieurs personnes d'honneur les aient souvent vues dans ce même cabinet de S. Mandé, où on a trouvé ses plus secrètes affaires ; néanmoins ses papiers ayant été saisis sans appeler personne pour lui, et sans nulle des formalités ordinaires, il ne se trouve point ou presque point de ces lettres-là.

H 2

qu'on ne peut pas croire qu'il n'ait point voulu garder, lui qui gardoit tant de choses inutiles, de sorte qu'il ne lui reste pas un seul moyen de justifier son innocence.

Mais, Sire, la bonté royale, l'équité extrême de V. M. lui tiendront lieu de toutes choses dans son malheur; elles représenteront à V. M. que par les termes exprès des lettres qu'elle a toujours données aux surintendans, par celles qu'il lui a plu d'accorder deux fois à M. Foucquet, les premières avec M. Servien, les secondes après sa mort, et qui ont été la règle et la loi de son pouvoir, il n'étoit tenu *que d'administrer vos finances en sa conscience, sans en rendre raison en la chambre des comptes, ni ailleurs qu'à la seule personne de* V. M. Il n'étoit point dit, Sire, *rendre compte*, car un surintendant ne compta jamais, mais *rendre raison* seulement, qui, dans la signification de ce mot , est une chose très-différente.

Pour rendre raison de son administration, je demanderois, Sire, à ceux qui l'accusent, si sous le règne triomphant de V.
M., et si sous cette surintendance, l'É-
tat de Milan s'est perdu, comme sous
François Ier., faute d'avoir envoyé aux
troupes l'argent qui leur étoit destiné; si
faute d'une somme très-médiocre , comme on l'a pourtant vu de nos jours , et
avant lui, il a laissé reprendre aux ennemis une des plus importantes places
de l'Europe , qui avoit coûté de si grandes sommes et tant de sang ; si vos ar-
mées, Sire , ont jamais manqué de vaincre pour manquer de quoi vivre; si nonobstant les dépenses effroyables de la
guerre , du mariage de V. M., et de la
conclusion de la paix; nonobstant les
grandes aliénations qu'on a été contraint
de faire , il ne se trouve point encore
aujourd'hui, que par les augmentations

H 3

qu'il a pratiquées dans les grandes fermes, les revenus de V. M. sont encore
plus grands qu'ils n'étoient lorsqu'il com-
mença d'être surintendant; si les peuples, par la manière dont il s'est conduit
avec eux, n'ont point porté ces pesan-
tes charges, autant et plus tranquille-
ment que sous les règnes précédens; si
les compagnies souveraines, quoiqu'au
milieu des tumultes de la guerre, au milieu presque des mouvemens de l'État, et
en un temps bien différent de celui-ci,
n'ont pas été heureusement ménagées,
et portées avec beaucoup d'adresse à faciliter les affaires de V. M.; si dans les
trois dernières années, qui sont celles
de la plus grande autorité de M. Foucquet, bien que les dépenses augmen-
tassent tous les jours, il n'a pas trouvé
moyen de diminuer les tailles chaque
année de plusieurs millions; si les remi-
ses des traites qu'il avoit trouvées au

tiers et quelquefois à davantage, n'ont
pas été réduites par lui au quart seulement, et les intérêts à dix pour cent,
au lieu de douze et de quinze ; si les
gens d'affaires, si les officiers même
du conseil, deux sortes de personnes
qu'un surintendant bien corrompu mé-
nageroit sans doute comme complices
de ses crimes, n'ont pas été chargés de
taxes sur taxes pour décharger les peuples de la campagne ; si en traitant honnêtement les personnes de mérite et de
service en toute sorte de conditions, il
n'a pas conservé à V. M. le cœur et
l'affection de ses sujets, son grand et
véritable trésor, ses seules et véritables
richesses ? C'est, Sire, la raison que je
rendrois pour lui de son administration·
Mais combien la rendroit-il mieux lui-
même, s'il étoit encore assez heureux
pour le pouvoir faire de sa propre bouche aux pieds de V. M.

H 4

Mais, Sire, de quelqu'importance que puisse être cette première partie de la justification de M. Foucquet, parlant non-seulement au plus grand Roi, mais aussi au Roi le plus occupé de la terre ; il est temps de passer à la seconde, de venir, dis-je, à cette mauvaise et excessive ambition, dont on a fait un de ses plus grands crimes auprès de V. M., et qu'on prétend qu'il a témoignée par ses bâtimens de Vaux, par l'acquisition et les fortifications de Belle-Isle, par les gratifications faites à tant de personnes de la cour, pour les engager dans ses intérêts, et par mille autres pensées d'un grand établissement.

Sire, ce n'est pas une des moindres marques de la puissance et de la sacrée majesté de nos Rois ; ce n'est pas une des choses qui donne le moins de respect et de vénération pour eux, que cet éclat, cette dignité, cette fortune qu'ils ont répandue de tout temps sur ceux qui ont eu l'honneur de les servir et de leur plaire. Et quand on fera réflexion sur tant de grandes et illustres maisons, aujourd'hui des principales de l'État, qui n'ont point eu d'autre origine : quand on se souviendra, Sire, de ce que les grâces et les bontés de V. M. même ont fait avec tant de justice pour feu M. le cardinal Mazarin, et de cette pompe, de cette grandeur, de cette gloire qui l'ont accompagné jusque dans les bras de la mort, on s'étonnera peut-être bien moins qu'un particulier qui a de l'élévation dans l'esprit et dans le cœur, qui sent un zèle extrême pour le service de V. M., qui ne trouve en elle que faveur et que bonté, espère mieux qu'il ne devoit de sa fortune, passe quelquefois dans ses pensées les justes bornes que la plus exacte raison leur devroit prescrire. Je ne prétends pas toutefois, Sire, louer en M. Foucquet

H 5

ce qu'il a toujours condamné en lui-même. Il y a plusieurs personnes d'honneur qui l'ont entendu souvent se reprocher ses bâtimens comme des foiblesses, qui lui ont entendu dire souvent, qu'il auroit imité ce fameux Romain dont j'ai parlé, si désormais il n'eut trouvé plus de prodigalité à abattre qu'à achever: mais que si son ardeur pour toutes les belles choses, si les propositions et les conseils toujours engageans des personnes les plus célèbres dans les arts, si la facilité d'avoir de l'argent sur son crédit, si l'espérance d'un plus heureux avenir, si son ascendant, enfin, et son étoile, qui n'étant que maître des requêtes, lui faisoit commencer des plans de surintendant; si toutes ces choses, dis-je, l'avoient porté plus avant qu'il n'avoit cru lui-même devoir aller, il étoit résolu de corriger ses fautes, et d'en faire un bon usage, en donnant à V. M. ce

qu'il trouvoit trop beau et trop grand
pour lui. En effet, Sire, on sait qu'il
a fait porter parole par M. de Brancas
à cette sage, cette grande et incompa-
rable Reine mère de V. M., de donner
Vaux à monseigneur le Dauphin aussitôt
qu'il seroit né, et V. M. sait elle-même
la supplication très-humble qu'il lui a
faite de prendre Belle-Isle. Et quant à
ce dernier, Sire, je ne doute point que
V. M. ne soit aussi informée qu'il en fit
l'acquisition par ordre exprès de feu M.
le cardinal Mazarin, qui fut bien aise,
en ce temps-là, d'ôter cette place à une
maison puissante, et alors suspecte,
ayant de plus quelque dessein de s'en
accommoder elle-même, dans la pensée qu'on lui avoit donnée pour le gouvernement de Bretagne; que ce fut elle,
enfin, qui fit expédier des ordres pour
fortifier cette place, et que jusqu'à sa
mort elle a laissé en incertitude si elle

ne la prendroit point pour elle-même
ou pour V. M.; de sorte, qu'à bien parler, M. Foucquet ne l'a jamais regar-
dée, ni possédée, ni fortifiée comme
une chose qui fût à lui, d'autant plus
que par la nature de cette acquisition,
qui a autrefois appartenu à la couronne, V. M. étoit en droit de la retirer
pour de l'argent toutes les fois qu'il lui
plairoit : et cela étant, Sire, si Vaux et
Belle-Isle faisoient son infortune, la postérité se souviendroit-elle jamais sans
pitié et sans douleur, qu'il fut criminel
pour avoir donné de nouveaux orne-
mens à la France, encore qu'il se fût
contenté de la peine de les faire, et du
plaisir de les remettre à son Roi ?

Je passe, Sire, au reproche qu'on
lui fait d'avoir fait tant de gratifications, de n'avoir rien épargné pour établir son crédit et sa puissance, en en-
gageant une infinité de personnes dans

ses intérêts. Que V. M., Sire, n'écoute
point en cette rencontre la voix de la
calomnie qui déguise toutes choses, et
fait des crimes des meilleures actions.
On ne peut certes assez louer, assez
admirer V. M. du bon ordre qu'elle a
établi dans les finances depuis un an ;
de voir qu'elle soit maîtresse de toutes
les grâces jusqu'aux moindres, qu'on ne
tienne rien que de sa main, que comme
une espèce de divinité présente aux petites choses aussi-bien qu'aux grandes,
elle fournisse à tout, et fasse tout avec
la même facilité que si elle n'avoit rien
à faire. Mais, Sire, soit que les Rois vos
prédécesseurs ne se soient pas trouvés
assez forts pour un si pesant fardeau ;
soit qu'ils aient voulu se décharger sur
leurs ministres, de l'envie, des impor-
tunités et des plaintes des peuples et des
particuliers ; soit qu'ils aient cru rendre leur autorité plus vénérable et plus

sacrée, en la couvrant et environnant
de nuages, et ne la faisant paroître
qu'aux grandes occasions; soit enfin
que la gloire de mieux faire fût réservée
par le ciel à V. M., il est certain qu'ils
ont toujours laissé aux surintendans, de
même qu'aux chanceliers, aux gardes
des sceaux, aux secrétaires d'État, la
dispensation des grâces ordinaires, se
contentant qu'on leur parlât des plus importantes seulement, et de commander
toutes celles qu'il leur plaisoit, sans
défendre les autres. Accuser donc M.
Foucquet d'avoir, avant les défenses de
V. M., comme je l'ai remarqué déjà,
fait payer favorablement plusieurs personnes de la cour, honorées de la bienveillance de V. M., connues par leurs
services, considérables par leur naissance, par leur rang, par leur mérite,
et des personnes qui ne manquent jamais de prétentions légitimes, d'ordon-

nances, de billets, d'acquits-patens, de
pensions de V. M. ; c'est l'accuser, à
vrai dire, d'avoir fait sa charge, et de
l'avoir faite le plus honnêtement qu'il a
pu. Ce sont cependant, Sire, ces personnes que l'on veut appeler ses pen-
sionnaires, qui l'ont été de la même sorte de tous les surintendans, mais plutôt
de V. M. et de tous les Rois, dont les
surintendans n'ont jamais été que les foibles ministres. Mais il n'a eu pour but
que de se faire des amis. Quelle injuste
explication, Sire ! V. M. voit assez s'il
en a beaucoup fait, s'il lui en reste beaucoup de véritables. Mais quand en ser-
vant V. M. il auroit eu dessein de se faire
aimer des personnes de sa cour, où trou-
vera-t-on qu'il en soit blâmable, ni que
ce soit un fort beau secret pour servir
utilement son maître, surtout en France, que de se faire haïr ? Les amis que
se fait un ministre zélé et fidèle, il ne

les dérobe pas à son Roi, il les lui garde, il les lui ramène dans les temps difficiles, il est un nouveau lien qui les atta-
che plus fortement à leur prince, il sert
d'un témoin irréprochable contre eux,
il les querelle, il les accuse, il les con-
vainc de perfidie et d'ingratitude, s'ils
viennent jamais à oublier leur devoir.
Qu'on ne rende point suspectes à V. M.
des choses qui ne le doivent point être;
qu'on ne lui présente point des chimères
et des fantômes pour des vérités. Ces
amis, ces liaisons, ces intrigues, ces
charges, ces gouvernemens, un particulier les peut craindre d'un autre,
quand il n'est pas dans les mêmes intérêts; mais de vouloir qu'un Roi, un
grand Roi, un Roi tel que V. M. en
prenne ombrage d'un de ses ministres,
c'est mal concevoir sa force et sa grandeur, c'est juger trop indignement et
trop bassement d'une si haute puissance.

J'aimerois autant que le maître d'un grand et ample héritage se mît en peine du travail, de l'empressement, de la diligence, de l'union, des amas et des retraites de quelques misérables fourmis : comme s'il ne pouvoit pas les écraser du pied quand il lui plaît, ou les disperser en moins de rien du moindre souffle de sa bouche.

Jusqu'ici, Sire, je n'ai parlé qu'à la justice de V. M. Que cette justice même me permette maintenant de m'adresser à ses autres vertus, à sa bonté, à sa clémence, à sa sagesse. Si j'ai défendu M. Foucquet comme innocent, que je parle encore pour lui comme coupable, en faisant faire à V. M. certaines réflexions générales, mais importantes, qui le supposant même coupable, demandent son salut et sa grâce à un prince tel que V. M. Que V. M. me pardonne, s'il lui plaît, cette longueur en un

sujet si important. Je vais finir, je ne
lui dirai rien de commun, rien que de
grand, rien que d'illustre, rien que de
digne d'un Roi.

Et pourquoi, Sire, ne supposerois-
je point que M. Foucquet est coupable,
si la voix du peuple, si celle des sages
disent également, qu'en entrant dans
toutes les grandes charges, et surtout
en celles qui ont un grand maniement,
on met sa tête et sa vie entre les mains
de son Roi, pour ne dépendre que de
sa bienveillance? qu'il n'y a presque
jamais eu en France de premier ministre, de surintendant, de général d'armée, de gouverneur de province ou
de place, qui étant examiné dans la dernière rigueur des lois, n'en puisse ap-
préhender toute chose avec justice.
Mais en même temps, Sire, et ces sages, et ce peuple, réclament contre
cette justice si exacte, contre cette der-

nière rigueur, presque autant que contre une haute injustice. C'est une chose
très-remarquable, que celle que je m'en
vais dire à V. M., attestée cependant par
l'histoire, la véritable, la sage, la fidèle
conseillère des grands Rois. Il n'y a
point eu de surintendant sans excep-
tion, qui, dans une administration un
peu longue, à écouter les discours du
peuple, ou les jalousies de la cour, dans
ce poste si grand et si envié, si sujet à
la haine publique, n'ait paru digne de
la mort ; mais de ce grand nombre il
n'y en a eu en tout que quatre ou cinq
de malheureux; et de ces quatre ou cinq
même, à peine y en a-t-il un qui, après
sa mort, lorsque la colère des Rois, que
la jalousie des concurrens, ou des supé-
rieurs, et que l'envie du monde sont
mortes avec lui, n'ait été justifié par
l'histoire, n'ait laissé, s'il faut ainsi dire, par sa condamnation plutôt une om-

bre et une tache qu'un ornement à la
vie de son prince , au moins sur ce fondement, qu'il vaudroit mieux avoir sau-
vé mille coupables, que d'avoir fait pé-
rir un innocent. Je ne parle point de *
Pierre de la Brosse sous le Roi Philippe le Hardi , qui n'étoit pas proprement
surintendant , mais chambellan , et ne
fut point recherché pour finances, mais
convaincu par ses lettres d'intelligence
avec les ennemis de l'État, et que néanmoins plusieurs auteurs, entr'autres un
Italien de grand nom et de grand jugement , ont mis au rang des innocens,
comme ces lettres ayant été supposées.
Enguérand de Marigny sous Philippe le

---

* Papirius le Masson , au liv. 3. de ses An-
nales, en la vie du Roi Philippe le Hardi :
Dantes illius temporis nusquam vanus Poëta,
Brocciam insontem , et invidia oppressum canit.
C'est au VI°. Chant du Purgatoire. Histoire des
Favoris, de feu M. du Puy.

Bel, et Louis Hutin son fils, est, à vrai
dire, le premier comme le plus connu
et le plus illustre des surintendans malheureux, poursuivi chaudement, disent les auteurs, par Charle de Valois,
oncle et comme tuteur du Roi, et qu'il
avoit irrité sous le règne précédent. Il
fut condamné solennellement à Vincen-
nes, non point par des commissaires,
mais par une assemblée de pairs, ses
plus naturels et plus légitimes juges. Jamais homme ne passa pour plus coupable; ce n'étoit pas seulement péculat,
c'étoit neuf ou dix crimes énormes, tra-
hison, intelligence avec les ennemis,
c'étoit même empoisonnemens et ima-
ges de cire, armes accoutumées de la
calomnie, renfort ordinaire de fausses
ou foibles accusations. Les grands, ja-
loux de son élévation, furent ravis de le
voir condamner; le peuple même qui
le haïssoit à cause des grandes levées

qu'il avoit été contraint de faire pour soutenir la guerre, se jeta avec fureur sur ses statues : cependant quelque temps après ce même Charle de Valois tombe malade d'une espèce d'apoplexie ou paralysie (d'autres disent d'une langueur inconnue). Il examine sa conscience, et pour obtenir de Dieu sa guérison, qu'il n'obtint pas toutefois, il fait faire des aumônes publiques par tout Paris, et fait dire à ceux qui les distribuoient : *priez Dieu pour l'âme de monseigneur Enguérand de Marigny, et pour monseigneur Charle de Valois*, mettant toujours Marigny devant Valois, *ce qui étonna fort* (dit l'histoire) *ceux qui avoient cru que cette condamnation étoit juste.* On ouvre les yeux alors, on met sa femme en liberté qu'on avoit tenue aussi coupable que lui, on rétablit ses enfans dans leurs biens, qui avoient été confisqués, on ne le regarde plus que comme une victime de

Charle de Valois ; tant l'envie, la jalousie, la colère, ont de pouvoir même
sur l'esprit des grands hommes, et sont
dangereuses auprès de leurs Rois.

Ensuite, et quelques années après seulement, vient Gérard de la Guette, surintendant, mort à la question, que toute
l'histoire reconnoît pour innocent, et
sacrifié par un très-dangereux exemple
à la passion du peuple, qui ayant pris
cœur (chose très-remarquable) de la
condamnation de Marigny, pour murmurer contre les finances, et passant
dans sa fureur, suivant sa coutume, du
moindre au plus grand, du ministre au
prince, des hommes, pour ainsi dire,
à Dieu, avoit bien eu l'insolence et
l'audace d'appeler publiquement aux
états généraux des impositions faites
par son Roi.

L'histoire, pour ne rien oublier,
parle encore d'un Pierre Remy sous Phi-

lippe de Valois, dont la condamnation
est assez obscure ; car on n'en sait pas
le détail. Il est dit seulement qu'on lui
trouva, non pas des dettes et de la mi-
sère, mais des richesses immenses pour
ce temps-là ; et si son arrêt mérite d'en
être cru, il fut condamné non-seulement
pour péculat, mais encore pour trahi-
son. Quel bon effet produisirent ces recherches et ces condamnations de surintendans en douze ou treize ans de
temps, l'une en 1315, l'autre en 1321,
l'autre en 1328 ? Ceci, Sire, mérite la
réflexion de V. M. : y eut-il plus d'inté-
grité dans les finances, les Rois en fu-
rent-ils mieux servis, les peuples en fu-
rent-ils plus contens ? Au contraire,
jamais tant de plaintes qu'en ce temps-
là, jamais tant de crieries et tant de va-
carmes contre les mêmes désordres, ou
véritables, ou supposés. Cette bête, non
pas à cent têtes seulement, mais à cent

millions

millions de têtes, à qui il est toujours dangereux de découvrir, de laisser même entrevoir le secret et les mystères de l'Etat, s'effaroucha tellement, qu'en ce même siècle, même dans la calamité publique, sous le Roi Jean, prisonnier, et Charle V, lors Dauphin, son fils, ce ne furent que brigues, que factions, que séditions, pour demander compte des finances à tous les ministres de ce temps-là, jusque-là que ces princes furent obligés, ou plutôt contraints, d'éloigner de la cour, malgré eux-mêmes, un grand nombre de leurs plus fidèles serviteurs : de sorte qu'en l'espace d'environ quarante ans, car il n'y en a guères davantage de la condamnation d'Enguérand de Marigny, qui fut en 1315, jusqu'à ces mouvemens sous le Roi Jean, qui furent en 1357 ; en cet espace d'environ quarante ans, depuis qu'on eût une fois commencé d'entamer cette dé-

I

licate et épineuse matière des finances,
il se voit plus de recherches, plus de
condamnations, plus de bruit et de désordres dans l'État et contre les Rois
pour les finances, qu'il ne s'en trouvera
presque en tout le reste de douze cent
tant d'années de monarchie; en un siècle néanmoins où les finances n'étoient
presque rien, où les surintendans ne
comptoient point du détail (car ils ne
l'ont jamais fait), mais où ils pouvoient
le faire bien plus facilement qu'aujour-
d'hui par la petitesse de la recette et
de la dépense ; en un siècle, dis-je, si
éloigné de la gloire, de la pompe et de
la richesse du nôtre, que les registres
de la chambre des comptes nous semblent faits pour se réjouir quand nous y
voyons des articles de 7 sols 6 deniers
par jour pour les voyages des chanceliers de France, de beaucoup moindres
encore pour réparer les habits du Roi.

Ainsi après ces surintendans, mais seulement cinquante ans après, ou environ, on trouve Jean de Montaigu sous Charle le Simple. C'est celui dont le bon religieux de Marcoussi disoit à François Ier., qu'il n'avoit pas été condamné par justice, mais par commissaires. Nul historien presque n'a douté de son innocence; il fut immolé à la faction du duc de Bourgogne, pour avoir été de celle du duc d'Orléans.

Ensuite l'histoire parle de Jacques Cœur sous Charle VII, condamné non par des commissaires, mais par un arrêt authentique du parlement de Paris, sur une infinité de chefs, tenu sur l'heure pour très-coupable, et pour qui le Pape n'obtint qu'à peine, que la mort fut changée en relégation; et cependant l'histoire dit encore qu'après sa mort il fut trouvé innocent.

Enfin on voit sous François Ier. Jean

de Semblançay, sage et vénérable
vieillard, qui avoit véritablement laissé
perdre l'État de Milan faute d'envoyer
à l'armée les sommes que le Roi avoit
ordonnées, mais malgré lui, s'il faut
ainsi dire, et forcé par l'autorité, par
les menaces, et par la rapine d'une
puissance supérieure à la sienne, qui
détourna cet argent ailleurs, et qui ne
songea depuis qu'à sa perte. L'histoire,
Sire, ne l'excuse pas seulement, mais
déclame contre cette puissance, et contre un ministre de ce temps-là, son ennemi, qui avoit été le second instrument
de sa mort par un choix affecté de commissaires, tous de sa cabale; ce sont
les termes d'un fort sage historien *.

* Franciscus Belcarius Peguillio Episcop.
Metens. Comment. rer. Gall. *At Pratus Can-
cellarius bipedum omnium nequissimus, qui
Samblancæo ob summam ejus auctoritatem in-
videbat (hunc enim ob venerandam ejus se-*

En dernier lieu, Sire, et de nos jours, on a vu M. de la Vieuville poursuivi, condamné par une chambre de justice. S'il ne se fût mis à couvert de ses crimes supposés par un crime véritable, mais pardonnable, en rompant les prisons de son Roi, il seroit peut-être aujour- d'hui au rang des autres; mais quand l'envie, la haine et l'intrigue ont été dissipées, on a vu sa réputation solen- nellement rétablie, lui-même rétabli en- fin dans son emploi, finir ses jours en paix et avec honneur sous le règne au- guste et équitable de V. M. S'il en faut

*nectutem Patrem suum Rex appellare solebat)
illi Judices è sua cohorte, hoc est, etc. dedit :
tametsi non Samblancæum in ære Ludovicæ,
sed Ludovicam in ære Samblancæi certo esse
norat. Addicti certis destinatisque sententiis Judices et Ludovicæ et Prati metu hominem inno-
centem, ut ferebatur, extremo supplicio ad-
dixerunt.*

I 3

dire la vérité, Sire, je ne vois point quelle gloire ont acquis aux Rois vos prédécesseurs les condamnations de tous ces surintendans ; je vois même que la plupart ont fait quelque tort à leur mémoire : mais V. M. veut-elle voir une gloire véritable et solide, une gloire où les voix ne se trouvent point partagées, où il n'y a ni contestation, ni difficulté, c'est celle de Henri IV, votre grand aïeul, qu'on a loué unanimement, d'avoir trouvé M. d'O dans les finances, contre lequel on crioit plus qu'on n'a jamais fait contre nul autre, son ennemi de plus, et qui lui avoit fait mille peines à son avénement à la couronne, et de s'être pourtant contenté avec une bonté presque divine d'empêcher les désordres dans les finances, sans lui ôter même son emploi jusqu'à sa mort. Ce n'est pas mon dessein, Sire, de traiter ici le lieu commun de la clé-

mence ; mais celle de ce grand Prince
m'emporte et me ravit en admiration,
et son siècle ni la postérité ne l'ont point
laissée sans récompense. Ne pensez pas,
Sire, que le combat de Fontaine-Fran-
çoise, les batailles de Contras, d'Arques
et d'Ivri, lui aient acquis le surnom de
Grand ; il avoit déjà désarmé la ligue,
conquis son royaume, et fait tous ces
grands exploits, qu'on ne lui donnoit
point encore ce grand et auguste titre ;
mais quand on a vu que Paris, qui lui
avoit tant résisté, n'a trouvé en lui qu'un
père, plutôt qu'un Roi ; que le duc de
Mayenne, qui lui avoit opiniâtrément
disputé la couronne, n'a été puni que
d'une simple raillerie, et d'une longue
promenade à pied, fort incommode à
un homme de sa taille ; que ce bon prince n'a jamais perdu qu'avec une extrême
violence sur lui-même, ses plus mortels
ennemis, ses amis les plus perfides et les

plus ingrats, et ceux-là seuls qui n'ont pas
voulu implorer sa grâce ; qu'en un mot
il savoit encore mieux pardonner que
vaincre ; alors, Sire, alors le genre humain tout entier, confus et surpris de
trouver en un même homme le cœur
d'un lion avec la bonté d'un ange, a
rompu, pour ainsi dire, toutes les premières bornes de son admiration, et ne
la pouvant plus contenir en elle-même,
l'a exprimée comme d'une seule voix
par ce nom de Grand, qui le fera triom-
pher et régner sans cesse dans les siècles à venir, et ne durera pas moins
que le monde.

Un particulier, Sire, ne perd rien
quand il est d'avis que son prince perde
un autre particulier ; au contraire, il se
défait bien souvent d'un ennemi, quoique bien souvent aussi la haine publique pour un ennemi mort lui en fait re-
naître mille plus redoutables. Mais un

Prince perd toujours quelque chose de son bien, quand il perd un sujet de quelque mérite, en qui les emportemens et l'ardeur, quoique vicieuse, peuvent être souvent la marque d'un grand fond. Comme en ces nobles et célèbres chevaux de l'antiquité, qui après avoir été rejetés par de moindres écuyers, déjà condamnés à la charette on à la voirie, indomptables à tout autre main qu'à celle de leurs Rois, mais revenant facilement pour elle par des châtimens mêlés de douceur, n'ont pas laissé de les servir admirablement tout le reste de leur vie, de mourir glorieusement sous eux dans des batailles, d'être honorés même de leurs larmes et de superbes tombeaux.

Que l'envie et la lâcheté insultent aux malheureux tant qu'il leur plaira, c'est leur coutume; V. M. est trop éclairée pour s'y méprendre, elle n'ignore

I 5

ni les grands talens de M Foucquet;
ni les services qui lui ont fait mériter
souvent tant d'éloges de la propre bouche de V. M. Et si les romains *, la na-
tion du monde la plus sévère, ont tenu
pourtant, comme il paroît par leurs lois
et par leurs histoires, que les belles actions devoient quelquefois couvrir les
mauvaises, le mérite exempter de la
peine, et la gloire emporter le crime ;
que V. M. se souvienne, Sire, non pas
de la longue administration de M. Foucquet, puisqu'on la calomnie, quoique
grande et illustre en plusieurs choses,
comme je pense l'avoir fait voir ; non
pas, si ce n'est de toutes les preuves
qu'il a données d'un zèle ardent, constant, égal en tout temps, en toutes
rencontres pour V. M. et pour l'État,

---

* L. Florus, liv. 1, chap. 3, parlant d'Horace : *Citavere leges nefas ; sed abstulit virtus
parricidam ; et facinus intra gloriam fuit.*

mais au moins de deux ou trois actions
de sa vie, où ce zèle a paru avec tant
d'éclat et de gloire, que l'envie même
ne le sauroit nier : quand dans les funestes désordres de cet État, dont on ne
peut se souvenir qu'avec peine, le parlement quittoit Paris pour se ranger à
Pontoise, par une fidélité à laquelle
V. M. vient de donner des récompenses glorieuses, n'étoit-ce pas M. Foucquet, pour lequel (tant son malheur est
grand) on ne parle en même temps
que de supplices? Ne fut-il pas chargé
par son éminence du plus grand soin,
de la principale confiance de cette importante négociation, dont les secrets ne
se peuvent encore publier, mais que l'on
regardoit alors comme devant affermir
la couronne presque chancelante sur la
tête de V. M. ? Ne s'exposa-t-il pas mille
fois le jour pour votre service aux ou-
trages du parti contraire dans sa com-

pagnie, aux plaintes publiques, aux fureurs d'un peuple irrité ? N'éluda-t-il
pas cent fois, et ne fit-il pas presque
lui seul retomber à rien ces tempêtes
fatales qui devoient nous écraser ? Ne
s'y gouverna-t-il pas avec tant d'esprit,
tant de vigueur, tant d'adresse, tant
de fermeté, tant de courage, que son
éminence, en cette occasion non plus
qu'en une infinité d'autres, dont je ne
parlerai point, ne pouvoit se lasser de
l'admirer, d'en parler et d'en écrire
comme d'un des plus grands hommes,
comme d'un des plus nobles, des plus
vastes, des plus beaux et des plus rares
génies que la France eût jamais produit?

Quand par une maladie qui fait encore frémir les bons Français, nous
faillîmes à perdre V. M., qu'il ne fallut
pas moins d'un miracle pour nous la
rendre, comme il en avoit fallu un pour
nous la donner, que la France dans ce

grand malheur ne voyoit devant ses
yeux qu'horreur, que confusion et que
ténèbres; que tous les plus grands trem-
bloient de l'incertitude des événemens;
que les plus puissans ne songeoient qu'à
s'assurer de tous côtés, ou qu'à mettre
à couvert leurs richesses; que nul traitant, nul homme d'affaires ne pouvoit
ou ne vouloit, ou n'osoit donner le
moindre secours aux affaires de V. M.;
que faisoit alors M. Foucquet? Avec un
courage digne de l'ancienne Rome,
mais pourquoi parler de l'ancienne Rome, disons plutôt avec un courage digne d'un ministre de V. M., il ne s'en-
dettoit pas seulement au-delà de ses
forces pour elle, il vendoit même à
Jacquier * une terre considérable de
madame sa femme, pour envoyer sur
l'heure même l'argent à l'armée de V. M.

* Belassisse.

devant Dunkerque. Mais, Sire, toute
sa vie n'est pleine que de pareilles actions ; et jamais surintendant ne s'est
engagé pour les affaires publiques plus
franchement, plus hardiment, et plus
noblement que lui. On n'auroit jamais
fait, si l'on vouloit dire toutes les marques de son zèle, ou de son respect
pour la personne de V. M. Qu'elle se
souvienne seulement de la dernière qu'il
lui a donnée immédiatement avant sa
prison. V. M. ne lui commanda pas de
quitter sa charge de procureur général ; elle lui laissa seulement entendre
de loin, et comme en passant, que peut-
être ne seroit-il pas mal qu'il la quittât
pour votre service, où il étoit obligé
de donner désormais en autre chose
trop d'assiduité. Balança-t-il un moment, Sire, pour se défaire de la chose
du monde qu'il avoit toujours tenue
pour la plus précieuse ? Ecouta-t-il la

voix de ses amis alarmés de cette pensée ? Ne répondit-il pas avec toute la
confiance qu'on pourroit presque prendre en Dieu même, qu'il ne vouloit (ce
furent ses propres termes) ni protec-
tion, ni support, ni bien, ni honneur,
ni vie qu'en la bonté de V. M., et n'em-
ploya-t-il pas sur l'heure même pour
votre service tout ce qu'il avoit reçu du
prix de sa charge ? Certes, Sire, je ne
puis croire que V. M. en puisse rappeler le souvenir sans en être attendrie.
Que seroit-ce si elle voyoit encore cet
infortuné même, à peine connoissable,
mais moins changé et moins abattu de
la longueur de sa maladie et de la du-
reté de sa prison, que du regret d'avoir
pu déplaire à V. M., et qu'il lui dit : Sire,
j'ai failli, si V. M. le veut ; je mérite
toute sorte de supplices ; je ne me plains
point de la colère de V. M., souffrez seulement que je me plaigne de ses bontés.

Quand est-ce qu'elles m'ont permis de connoître mes fautes et ma mauvaise conduite ? Quand est-ce que par un clin d'œil seulement V. M. a fait pour moi ce que les maîtres font pour leurs esclaves les plus misérables, ce qu'il est besoin que Dieu fasse pour tous les hommes et pour les Rois même, qui est de les menacer avant que de les punir ? Et de quoi n'aurois-je point été capable, de quoi ne le serois-je point, si V. M. avoit mieux aimé, si elle aimoit mieux encore me corriger que me perdre ?

Mais, Sire, je détourne mes yeux de cette triste pensée. V. M. voit combien il est digne de sa bonté et de sa grandeur, de ne point faire juger M. Foucquet par une chambre de justice, dont même plusieurs membres sont récusables. Qu'on ne sauroit prouver les malversations dont on l'accuse, ni par son bien , (car il n'en a point) ni par ses dépenses non plus, car il y a fourni par ses dettes, et par plusieurs avantages légitimes. Qu'un compte du détail des finances ne se demanda jamais à un surintendant; qu'homme vivant en sa place ne le pourroit rendre; que cette discussion est sujette à une infinité d'erreurs, surtout en cette matière de billets, dont on veut faire un si grand bruit; qu'il n'a point failli depuis que V. M. lui a donné ses ordres elle-même; que la mort de S. E., dont il les recevoit auparavant, peut-être même que la soustraction de ses lettres lui ôte tout moyen de se justifier. Qu'en plusieurs choses, comme on ne le peut nier, son administration a été grande, noble, glorieuse, utile à l'État et à V. M. Que son ambition, quand elle passera pour excessive, a mille sortes d'excuses, et ne doit être suspecte d'aucun mauvais dessein.

Que ses services, ou du moins son zèle
en mille rencontres, surtout dans les
temps fâcheux et au milieu de l'orage,
méritent quelque considération. Que la
recherche de quelques surintendans sujette à mille artifices de la calomnie et
de l'envie, n'a produit aucune gloire
aux Rois prédécesseurs de V. M.; que la
douceur, que la bonté du grand Henri,
son aïeul, et en cette occasion, et en
mille autres, a été célébrée de mille
louanges. C'en est assez, Sire, pour espérer toutes choses de V. M. Qu'elle
n'écoute plus rien qu'elle-même, et les
mouvemens généreux de son cœur. Que
l'histoire marque un jour dans ses monumens éternels : Louis XIV, *véritablement donné de Dieu pour la restaura-
tion de la France, fut grand en la
guerre, grand en la paix. Il effaça par
son application et par sa conduite la
gloire de tous ses prédécesseurs. Il n'a-*

ma d répandre que le sang de ses ennemis, et épargna celui de ses sujets. Il
sut connoître les fautes de ses ministres, les corriger et les pardonner. Il
eut autant de bonté et de douceur, que
de fermeté et de courage, et ne crut
pas bien représenter en terre le pouvoir de Dieu, s'il n'imitoit aussi sa
clémence.

FIN DU PREMIER VOLUME.

T.A B L E
DES MATIÈRES
Contenues dans ce Volume.

Fin de la Table.

DE L'IMPRIMERIE DE DUMINIL-LESUEUR,
rue de la Harpe, No. 133.

www.ingramcontent.com/pod-product-compliance
Lightning Source LLC
Chambersburg PA
CBHW051818020726
47502CB00005B/1516